사랑에 빠질 때 나누는 말들

사랑에 빠질 때 나누는 말들

락경은 장편소설

사□계절

차례

우리, 사귈래?

"소논문 동아리 같이 할래?"

쉬는 시간에 지은이 다가와 물었다.

"완전 머리 아플 것 같은데?"

시큰둥하게 대답했지만 내심 호기심이 일었다. 토론하고 내 주장을 받아들이게 하고 그 결과를 글로 써내는 것은 평소 내가 좋아하는 활동이다. 다만 나는 말이 잘 통하는 사람하고만 그런 활동을 하고 싶다.

"생기부에 올라가면 수시 원서 쓸 때 유리하잖아."

지은의 말에 나는 생각에 잠겼다. 소논문 동아리 활동을 하면 학교에서 주최하는 소논문 대회에 참여할 수 있다. 대회에서는 우수한 소논문을 뽑아 금상, 은상, 동상을 주는데, 금상을 받은 소논문은 구에서 실시하는 논문 대회에 나갈 수 있다. 아이들은 학교에서 실시하는 대회에 관심이 많았다. 그런 대회에서 상을 받으면 생활기록부에 쓸 게 많아지고, 생기부 활동 이력이 많아야 수시에 유리하니까.

"어떤 애들이랑 하는데?"

나는 최대한 무심한 말투로 물었다.

"가 봐야 알겠지만 글 좀 쓰는 애들이 오지 않을까?"

지은의 말에 아무 반박도 하지 않았지만 나는 조별 활동을 할 때마다 무임승차하려는 아이들한테 질릴 대로 질려 있었다.

"아잉, 같이 하자."

지은이 어깨를 흔들며 애교를 부렸다. 귀여웠다. 지은이 조금 더 조르면 마지못하는 척 들어줘야겠지.

"나도 네 덕 좀 보자, 응?"

지은의 통통한 팔이 내 팔을 확 감싸 안았다. 나는 지은보다 국어와 영어에 강하고 발표와 글쓰기를 좋아했다. 지은을 비롯한 아이들은 내가 원래부터 국어와 영어를 잘하는 줄알 테지만 사실은 아니다. 아무도 보지 않는 곳에서 치열하게 기본기를 차곡차곡 쌓았기 때문에 가능한 점수였다. 하지만 아이들이 내 노력을 모른 채 객관적인 결과에만 열광하는데 별 불만은 없었다. 본래 사람은 결과에 휘둘리기 마련이니까.

점심시간을 알리는 종이 울리기 전부터 아이들은 분주

했다. 종이 울리자 남학생 반과 여학생 반에서 아이들이 쏟아져 나왔다. 지은과 함께 급식실로 가는데 복도에 이상한 기운이 감돌았다. 웃고 떠들며 걸어가던 아이들이 홍해가 갈라지듯 정확히 반으로 갈라지더니, 그 한복판으로 키가 크고 얼굴이 주먹만큼 작은 애가 튀어나왔다.

"헐, 대박. 강동주야."

지은이 큼지막한 두 손으로 내 어깨를 쥐고 흔들었다. 지은이 흔들어 대는 바람에 초점이 흔들리는 내 눈앞으로 강동주가 스쳐 지나갔다.

"이거 꿈 아니지?"

지은이 자기 볼을 꼬집으며 말했다. 지은의 얼굴은 지금 막 사랑에 빠진 사람의 얼굴이었다. 사람이 다른 사람을 좋아할지 말지 결정하는 데 필요한 시간은 딱 2초라고 했지. 그 구절을 어디서 읽었는지 기억나지 않았지만 그 말이 맞긴 맞나 보다.

강동주는 무표정한 얼굴로 저벅저벅 걸어갔다. 비현실적으로 잘생기긴 했다. 얼굴이 정말 하얗고, 뭘 먹고 자랐는지 키도 정말 컸다. 떡 벌어진 어깨에 작은 얼굴이 조화롭게 어울릴 건 또 뭐란 말인가. 가끔 그런 인간들이 있다. 신이 여러 사람에게 공평하게 나눠 주어야 할 것들을 실수로 몰아준 것 같은 인간들. 공부도 잘하고 집도 좀 살고 목소리도 달콤하고 노래도 곧잘 하는데 얼굴까지 훌륭한 사람. 그래서 가만히 있어도 좀 얄미운 사람.

"나 오늘부터 다이어트 들어간다."

지은이 비장한 표정으로 말했다. 나는 고개를 설레설레 저었다.

"급식실 앞에서 할 소리는 아닌 것 같은데."

시니컬한 내 말에 지은은 사정없이 등짝을 후려치고는 나를 흘겨보더니 사뿐히 밥을 향해 날아갔다.

소논문 동아리가 모이는 곳은 2학년 교실이었다. 마지막 수업이 끝나자마자 지은과 나는 가방을 메고 2학년 교실로 올라갔다. 교실로 들어서자 강동주를 비롯한 남학생 다섯 명과 여학생 다섯 명이 동시에 우리를 쳐다봤다.

"알고 있겠지만 소논문 주제는 자유야. 조원끼리 의논해서 결정하면 돼. 요약본 양식을 줄 테니까 채워서 내 줘. 조는 세 명씩 네 조를 짤 거야. 책상을 다시 배치해 보자."

강동주가 교탁 앞에 서서 우렁찬 목소리로 말했다.

아이들은 강동주 말대로 책상 배치를 다시 했다. 친한 아이들이 짝을 이뤄 자리에 앉았고 같은 반인 아이들도 자기들끼리 조를 이루었다. 내가 선뜻 자리에 앉지 못하고 서성이자 지은이 내 손을 잡아끌었다. 교탁 바로 앞에 남은 자리가 있었다. 우리가 그 자리에 앉자 교탁 앞에 서 있던 동주가 자연스럽게 주위를 둘러보고는 우리 자리로 다가왔다. 지은은 동주가 교탁 앞자리에 앉으리라는 걸 직감적으로 알았던 걸까.

교실 창으로 빛이 쏟아졌다. 강동주는 진지한 표정으로 우리를 번갈아 바라보며 자기소개를 했다.

"반가워. 난 강동주야."

강동주가 내 앞자리에서 말했다. 그 애는 그냥 빈자리에 앉고 자기소개를 했을 뿐인데, 지은은 긴장했는지 거칠게 숨을 쉬고 있었다.

"난 민서현이야."

내 소개를 마치고 지은을 바라봤다. 지은은 손으로 머리카락을 몇 번이나 귀 뒤로 넘기며 목소리를 가다듬었다.

"흠흠, 나는 윤지은이야."

내 입에서 웃음이 새어 나왔다. 나를 흘겨보는 지은의 눈빛을 보고 나는 얼른 입을 막았다. 그렇잖아도 가느다란 지은의 목소리가 더 가늘고 귀여워지다니. 나는 자꾸만 킥킥대고 싶었다.

다른 조처럼 우리도 토의를 이어 나갔다. 어떤 분야에 관심이 있는지 이야기를 나누는데, 지은은 계속 강동주를 물끄러미 바라보기만 할 뿐 별다른 말을 하지 않았다.

"지은이 너는 어떤 주제에 관심 있어?"

내가 묻자 그제야 지은은 내 쪽으로 눈길을 돌렸다.

"서현이 너는?"

지은이 내게 되물었다.

나를 바라보는 눈에는 이런 뜻이 담겨 있는 듯했다. 민서현, 나 동주 얼굴 보느라 바쁘니까 네가 좀 알아서 해 주시지.

"나는 범죄 심리학이나 범죄학에 관심이 많아."

내 말에 강동주가 반색했다.

"나돈데. 그럼 그쪽으로 주제를 잡아 볼까? 지은이 넌 어때?"

하염없이 동주를 바라보던 지은이 눈을 동그랗게 뜨며 대답했다.

"나도 좋아."

동주는 지은의 답변에 입가를 살며시 올렸다. 그 모습이 좋았는지 지은은 수줍은 미소를 머금었다.

"사람들은 사이코패스나 조현병 환자들만 범죄를 저지른다고 생각하지만 사실 그게 아니거든."

동주가 지은과 내 얼굴을 번갈아 바라보며 말했다.

"맞아. 언론이 보도를 크게 하니까 그렇게 보이는 거지."

고개를 까딱하며 내가 동의했다.

"사이코패스도 아닌데 많은 사람들이 살인을 저지르잖아. 이유가 뭘까?"

동주가 물었고 지은이 "유전 때문일까?"라고 대답했다. 뒤이어 내가 "환경 때문일까?"라고 대꾸했다.

"사람을 범죄자로 만드는 건 유전자일까, 아니면 성장 환경일까?"

잠시 생각에 잠기며 내가 질문을 던졌다. 동주의 두 눈이 반짝였다.

"그 질문 좋다. 괜찮은 주제 같지 않아?"

"그럼 범죄자들에 대한 조사부터 해야겠다."

내 말에 동주도 지은도 고개를 크게 끄덕였다.

"자료 조사도 좋지만 수감자들한테 편지를 보내 보면 어떨까?"

동주가 목소리를 높이며 말했다.

"일반 교도소에?"

지은이 물었다.

"응. 소년원도 좋고."

동주 말에 나는 속으로 좀 놀랐다. 생긴 건 순둥이 같기만 한데, 요 녀석 보기보다 과감하잖아?

"현장 조사를 하자는 거지?"

나는 동주 쪽으로 고개를 돌리며 물었다.

"응. 자료 조사보다 더 생생하지 않을까? 어쩌다가 범죄를 저질렀는지 물어보면 어떨까?"

동주의 나긋한 말을 들으며 나는 생각에 잠겼다. 어째서 나는 자료 조사만 열심히 하려고 했을까. 어째서 나는 매번 하던 방식대로만 행동할까.

"그럼 나는 연쇄 살인범들에 대한 자료를 조사한 뒤에 편지를 보내 볼게."

지은이 부드러운 목소리로 말했다. 문득 얼마 전에 본 다큐멘터리가 떠올랐다. 소년교도소를 다룬 다큐멘터리였다.

"그럼 나는 소년교도소에 편지를 보내 볼게."

나는 차분하게 말했다. 이제 동주 차례였다.

"나는 범죄학에 관한 책들을 조사해 볼게."

동주가 제법 단호한 목소리로 말했고 지은은 부끄러움을 잔뜩 머금은 눈으로 동주 얼굴을 힐끔거렸다.

"다음 모임 때 보자."

동주의 인사에 지은이 수줍게 "그래."라고 대답했다. 블러셔를 한 것처럼 지은의 뺨이 붉게 물들었다. 사랑에 빠진 지은의 발그레한 뺨에 자꾸만 눈길이 갔다. 지은과 친구가 된 지 2년이 넘었는데 이런 모습은 처음이었다. 이상하게 마음이 흐뭇했다. 지은의 사랑을 응원해 주고 싶었다.

노트와 필기구를 가방에 넣으며 다시 생각에 사로잡혔다. 범죄자들에게 직접 편지를 보내 보자는 동주의 제안이 마음에 걸렸다. 왜 나는 그 생각을 못 했을까.

동아리 활동을 마치자마자 서둘러 나왔다. 휴대폰으로 버스 시각을 확인했다. 이번 버스를 놓치면 수학 학원에 지각이었다. 지금 필요한 건 스피드였다. 나는 있는 힘껏 달렸다.

"민서현!"

굵직한 목소리가 나를 불렀다. 고개를 돌렸더니 동주가 뛰어오고 있었다.

"왜? 나 지금 급해."

"학원 가?"

"응."

"어느 학원?"

"바른수학."

내가 다시 후다닥 달리자 동주도 같이 달렸다.

"넌 왜 달려?"

"나도 늦었거든."

달리면서도 녀석은 숨이 차지 않는지 고른 호흡을 유지하며 말했다.

"나도 오늘부터 바른수학 다니거든."

오 마이 갓. 강동주를 향한 아이들의 수군거림을 학원에서도 들어야 하다니. 벌써부터 피곤이 몰려와 이대로 바닥에 철퍼덕 주저앉고 싶다.

"온다!"

지금 반드시 타야 하는 녹색 버스가 모습을 드러냈다. 내가 주춤하자 동주가 내 손을 홱 잡고 끌어당겼다. 그 힘에 이끌려 나는 어느 때보다 빠른 속도로 버스를 향해 질주했다. 동주 손을 뿌리치고 싶었지만 달리는 속도가 빨라 그럴 수 없었다. 봄바람이 내 뺨을 사정없이 치고 지나갔다. 눈앞은 뿌옇다가 흔들리다가 엉망인데도 나는 달리고 있었다. 녀석의 속도에 이끌려.

"세이프!"

버스 정류장 근처에 다다르자 동주는 내 손을 놓고 먼저 달려가 버스를 붙들었다. 나는 숨을 헐떡이며 간신히 버스에 올라탔다. 허리를 굽히며 숨을 몰아쉬는데 버스가 갑자기 출발했다. 중심을 잃고 휘청거려야 하는 내 몸이 어느새 중심을 잡고 있었다. 동주가 한 손으로는 손잡이를, 다른 손으로는 내 팔을 붙들었기 때문이다. 화들짝 동주 손을 뿌리치며 눈을 흘겼다. 동주의 볼이 빨개졌다.

"미안. 넘어질 것 같아서."

동주도 좀 민망했는지 고개를 푹 수그렸다. 그러고는 시선을 창밖으로 넘겼다. 잠시 후 녀석은 환하게 쏟아지는 빛 아래에서 구김살 없는 미소를 지었다. 참 이상했다. 버스 안에 조명이 따로 있는 것도 아닐 텐데 녀석은 태양신의 아들이라도 되는 듯 또 빛을 받고 있었다. 오랜만에 빠른 속도로 달린 탓일까. 조금 어지러웠다. 머리도 아팠다. 두통을 물리치려고 나는 고개를 크게 내저었다.

"머리 아파?"

동주가 걱정스러운 얼굴로 물었다.

"아니, 더워서."

"그래?"

동주는 주섬주섬 가방을 뒤지더니 미니 선풍기를 내밀

16

었다. 얘는 뭐지? 모든 여자들한테 친절한 스타일? 아니면 자기 이미지와 평판을 관리하는 스타일?

"괜찮아."

"편하게 써. 학원 끝나고 돌려주면 되잖아."

버스에서 내려 학원까지 다시 달리려는데 동주가 또 나를 불러 세웠다.

"민서현."

"돌려줘?"

내가 미니 선풍기를 내밀자 동주는 풋, 하고 웃었다. 다시 봄바람이 불었다. 나와 녀석 사이로 스쳐 지나가는 바람을 느끼며 나는 한 가지 생각을 했다. 이러다가 학원에 지각하겠네. 원장 선생님이 잔소리를 백 그릇 늘어놓겠군.

동주의 머리카락이 바람에 부드럽게 일렁였다. 아름다운 움직임이다, 그런 생각을 하는데 동주의 얼굴이 금세 진지해졌다. 잠깐의 침묵이 견딜 수 없이 코를 간지럽게 했다. 아까까지 아이처럼 환히 웃던 녀석이 갑자기 드라마에 나오는 주인공처럼 묵직한 목소리로 말했다.

"우리, 사귈래?"

현수 오빠에게

    안녕하세요. 저는 민서현입니다. 고등학교 1학년이고 서울 송파구에 살아요. 우연히 다큐멘터리에서 오빠를 봤어요. 소년 교도소를 다루는 5부작이었는데, 오빠는 그중 2부에 나왔죠.

    오빠 이야기를 더 듣고 싶어 이렇게 편지를 쓰게 됐습니다. 실례가 되지 않는다면 이야기를 들려주실 수 있나요? 어떤 성장 과정을 거치셨는지, 어쩌다가 교도소에 수감되셨는지 궁금합니다. 들어주시기 어려운 부탁이라는 거 잘 알지만, 답장 기다리겠습니다.

민서현 드림

무모할 정도로 빠르게 추락했다

"우리, 사귈래?"

마음이 아팠다. 완벽에 가까운 녀석에게 대시를 받는데 조금도 기쁘지 않았다. 지은의 발그레한 뺨이 떠올랐고 묵직하게 떨어지던 목련꽃이 생각났다. 우리는 조금 떨어진 채 서로를 마주 보고 있었다. 4월의 미적지근한 바람이 내 마음을 한없이 차분하게 만들었다. 4월은 여전히 내게 아프다.

"아니."

내가 쌩 돌아서 가던 길을 가자 동주는 달려와 내 앞을 가로막고 섰다.

"왜 싫은데? 일 분도 고민 안 할 정도야?"

"넌 갑자기 이러는 이유가 뭔데?"

"내가 뭘?"

"너 오늘 나 처음 봤잖아."

뻔하지. 내 얼굴이 평범하다는 거 나도 잘 안다. 공부를 잘해서, 말을 잘해서, 똑 부러져 보여서 좋다는 말이나 하겠지. 학교 선생님들이나 학원 선생님들이 내게 늘어놓는 칭찬을 앵무새처럼 똑같이…….

"처음 아닌데?"

동주의 크고 검은 눈동자가 나를 똑바로 바라봤다.

"나는 너 작년부터 알고 있었어."

동주가 꺼낸 이야기는 이랬다. 작년 2학기에 열린 송파구 중학생 토론 대회에서 나를 봤다는 것. 쟁쟁한 아이들과 논리력을 다투는데 내가 전혀 쫄지 않고 당당히 발표해서 뇌리에 남았다는 것. 자기가 속한 조와 내가 속한 조가 찬반 토론에서 붙지 않은 것을 다행이라고 여길 정도로 내 말발에 압도당했다는 것. 그때부터 내게 호감을 느꼈지만 학교가 다르고 학원 일정이 빡빡해서 말을 걸 기회가 없었다는 것.

토론 대회에 나간 기억은 있지만 동주를 본 기억은 없었다. 토론 대회를 앞두고 밤을 꼴딱 새웠고, 팀장으로서 잘해야 한다는 압박감에 주변을 둘러볼 정신도 없었고, 원래 아이들 얼굴을 눈여겨보는 스타일도 아니다.

"실은 소논문 동아리도 네가 올 것 같아서 신청했어."

"뭐?"

"넌 논술에 강하니까 올 것 같았거든."

"늦었어. 다음에 얘기해."

나는 동주를 지나쳐 성큼성큼 학원으로 걸어 들어갔다. 얼른 책상에 앉아 교재를 펼쳤는데 종이 위로 동주 얼굴이 떠올랐다. 나는 교재를 휙 덮어 버렸다.

대박. 강동주 너네 학원 다녀?

지은이었다. 바른수학에 강동주가 떴다는 사실이 벌써 지은이 다니는 주변 학원까지 알려진 모양이었다.

응. 그런가 봐.

아, 학원 바꾸지 말걸. ㅠㅠ 강동주는 A반?

그러시겠지. 강동주라면 지은처럼 당연히 A반을 수강하겠지. 수학 학원은 성적별로 엄격하게 반이 나뉘어 있었다. 지은은 수학을 잘했고 늘 A반이었다. 수학 성적에 대한 자부심도 컸다. 수학을 못하는 내게 A반은 하늘의 별처럼 느껴지는데, 강동주는 한 방에 지은이 예전에 있던 반에 들어갔겠지.

그렇겠지? 다행히 내 반은 아니야.

그때도 4월이었다. 벚꽃이 살랑살랑 떨어지고 이틀에 하루꼴로 황사가 밀려왔다. 나는 중2였고 지독한 짝사랑에 빠져 있었다. 말이 잘 통했다. 시시한 이야기들이었지만 그 애와 말을 나누면 시간이 어떻게 흐르는지 몰랐다. 그 애는 내 이야기를 잘 들어 줬다.

나는 어떻게 내 마음을 전해야 할지 몰라 초콜릿을 샀다. 그저 초콜릿을 내밀면 그 애가 내 마음을 알아주겠거니 생각했다. 약속 장소인 공원으로 걸어가는 길에는 하얀 목련이 활짝 피어 있었다.

공원 벤치에 앉아 있는 그 애 옆에는 어떤 여자애가 있었다. 둘은 다정하게 이야기를 나누고 있었다. 여자애가 까르르 웃으며 스스럼없이 그 애의 팔을 잡았다. 자세히 보니 여자애는 내 친구였다. 그 애는 활짝 핀 목련처럼 내 친구에게 환하게 웃어 주었다. 나를 처음 만났을 때 내게 웃어 준 것처럼. 짧은 순간이었지만 나는 다 알아 버렸다. 목련보다 환한 그 애의 미소가 모든 상황을 설명해 주었다.

나는 방금 갔던 길을 묵묵히 바닥만 바라보며 되짚어 왔다. 그 애의 다정함이 좋았다. 내 말에 귀 기울여 주는 남자는 그 애가 처음이었고, 그 애 또한 나한테 호감을 느꼈다고 생각했다. 모든 것은 나만의 착각이었다. 일주일도 안 돼 거짓말처럼 사라져 버린 신기루였다. 혼자 잘난 척, 똑똑한 척 다 하면서 아무것도 모르는 인간. 헛똑똑이. 짝사랑도 첫사랑이 될 수 있다는 말은 거짓말이다. 가슴이 찢어질 듯 아프기만 한데, 하나도 행복하지 않은데, 나 혼자 북 치고 장구 치고 쇼를 한 건데, 어떻게 그게 첫사랑이 될 수 있겠는가.

바닥에 떨어진 목련꽃을 마주쳤다. 흙에 떨어졌더라면 좋았을 텐데. 보도블록에 떨어지면 썩기도 전에 사람들의 발에 짓이겨질 테니까. 어느 쪽이 더 잔인한 걸까. 흙에 떨어져 썩어 가는 것과 보도블록에 떨어져 짓밟히는 것 중 어느 쪽이 더 슬픈 걸까.

나는 울지 않으려고 하늘을 올려다봤다. 그 순간 목련꽃 한 송이가 또 툭 하고 떨어졌다. 저토록 크고 환하던 것이 이토록 힘없이 스러져야만 하다니. 너무 하얘서 만질 수조차 없는 목련꽃을 오래도록 내려다봤다.

꽃은 투신했다. 아무것도 주저하지 않고 곤두박질쳤다. 자신의 전부를 걸고 뚝뚝 떨어졌다. 무모할 정도로 빠르게 추락했다. 그 순간 내 마음도 뛰어내렸다.

다시는 사랑 따위 안 해. 아무도 좋아하지 않을 거야. 어느 누구한테도 마음 주지 않을 거야. 그러면 이렇게 상처받을 일 없을 테니까.

함수 문제를 푸는 둥 마는 둥 하고 있는데, 원장 선생님이 문을 벌컥 열고 들어와 지난주에 치른 시험지를 책상에 내려놓았다. 아이들 사이에서 옅은 한숨이 새어 나왔다. 원장은 뒷짐을 진 채 아이들 얼굴을 한 명씩 째려봤다.

"허리 똑바로 세우고 눈동자에 힘주고! 어떻게 앉아 있는지만 봐도 성적이 딱 보여, 이 나약한 인간들아."

나는 이런 상황이 익숙지가 않다. 영어 학원에서는 특별반에 속하고 국어 학원에서는 수재 소리를 듣는데, 수학 학원에만 오면 멍청하고 나약한 인간으로 대접받는 이 상황이.

"A반에 안 가도 돼요. SKY에 안 가도 돼요. 거기 나와 봤자 취직 안 되는 건 똑같잖아요. 어쩌고저쩌고, 쫑알쫑알. 그만수군대고 정신 똑바로 차려. 자기 합리화 그만하고."

A반은 벌써 끝났겠지? 동주한테 선풍기 돌려줘야 하는데. 멍한 눈길로 선풍기를 바라보며 만지작거렸다.

"민서현!"

나는 흠칫 놀라 선풍기를 손에서 놓쳤다. 딴생각하는 걸 들켰나. 원장이 잽싸게 내 쪽으로 걸어왔다.

"서현이 넌 왜 욕심이 없는 거야? 수학만 잘하면 서울대도 갈 수 있는데!"

네, 네. 잘 압니다요. 그렇지만 수학이 싫은 걸 어쩌겠습니까. 원장은 두 눈을 부릅뜨고 나를 노려보다가 다시 앞자리로 갔다.

"다음 주부터는 중간고사 특별 보충을 시작한다."

아휴, 아유, 아효, 아이씨. 아이들 입에서 찬란한 감탄사가 흘러나왔다. 수학 잘하는 지은은 좋겠다. 시험 기간 내내 수학 특별 보충을 달고 살지 않아도 될 테니까.

"보충에 빠지는 자는 무지막지한 벌을 각오해야 할 것이야. 이상!"

나는 부리나케 짐을 챙겨 1층으로 내려갔다. 동주와 마주치기 전에 얼른 학원을 빠져나가야지. 선풍기는 다음에 돌려줘도 되겠지.

한꺼번에 쏟아져 나온 아이들 사이를 비집고 헤쳐 나갔다. 학원 출입구를 코앞에 둔 그 순간, 비슷비슷해 보이는 아이들의 뒤통수 속에서 동주 얼굴이 보였다. 또래보다 키가 큰 녀석의 얼굴이 홀로 툭 튀어나와 있었다.

"민서현!"

나는 죄지은 사람처럼 어깨를 한껏 움츠리고 녀석이 있는 곳 반대 방향으로 슬금슬금 몸을 돌렸다. 아이들 무리에 끼어 무사히 학원을 빠져나왔다. 녀석이 계속 내 이름을 부르는 듯도 했지만 그건 내가 알 바 아니었다. 잰걸음으로 버스 정류장까지 걸어가는 데에만 집중했다. 서현아, 집중하자. 집중!

"민서현."

이름 닳겠다. 그만 좀 부르라고, 좀! 나는 귀를 틀어막고 빠르게 걸었다. 느닷없이 어떤 손이 내 어깨를 툭툭 치더니 동주가 내 옆에 나타났다. 나는 버스 정류장 바로 앞에서 녀석에게 붙잡혔다.

"아, 왜?"

동주가 길고 하얀 손가락을 내밀었다.

"돌려줘야지."

"뭘?"

"선풍기."

아, 성가셔. 처음부터 받지를 말걸. 나는 한숨을 내쉬었다. 가방을 뒤져 선풍기를 찾는데 동주가 툭 내뱉었다.

"네 얼굴 다시 보니까 심장 두근거린다."

애 뭐래니. 나는 선풍기 찾는 것도 잊고 입을 헤벌리고야 말았다. 사람을 당황하게 만드는 데 재주가 있는 녀석이다.

"이런 감정, 나도 처음이야."

동주 표정이 진지했다. 나를 뚫어져라 바라보는 눈동자에서 진심이 느껴졌다. 부드러운 목소리의 파고에서 잔잔한 떨림이 가슴으로 전해졌다. 어떤 대답을 해야 좋을지 알 수 없었다. 이건 오늘 풀지 못한 이차 함수 문제보다 더 어렵다.

"잘 썼어."

선풍기를 돌려주고 나는 걷기 시작했다. 버스를 타면 훨씬 빨리 도착하겠지만 동주와 더는 한 공간에 있고 싶지 않았다. 녀석이 내 뒷모습을 바라보는 게 고스란히 느껴졌다. 나는 느리지도 빠르지도 않은 걸음으로 저벅저벅 걸었다.

잘했어. 단호할수록 좋은 거야. 다시는 사랑 따위 안 할 거니까. 뒤돌아보지 말자. 뒤돌아보면 돌이 된다거나 얼음이 된다는 옛이야기들이 문득 떠올랐다. 나는 곧장 집으로 돌아와 방문을 걸어 잠그고 침대 위로 쓰러졌다.

현수 오빠에게

　답장을 기다리다가 다시 편지를 해요. 다큐멘터리에는 저마다 다른 사연을 품은 사람들이 나왔죠. 대부분의 사람들 얼굴이 모자이크로 처리됐는데 오빠는 얼굴을 공개했어요. 그리고 인터뷰를 하는 내내 담담했어요. 오빠는 큰 죄를 저질렀다는 걸 누구보다 잘 안다고, 그래서 달게 죗값을 받겠다고 말했어요. 오빠의 솔직한 모습과 죄를 인정하는 용기에 저는 마음이 흔들렸어요. 오빠를 더 알고 싶고, 오빠의 이야기를 듣고 싶어졌어요. 부디 이 편지를 귀찮아하지 말고 짧은 답장이라도 부탁해요.

민서현 드림

　부탁인데, 다시는 편지하지 마라. 나는 너한테 할 말이 없다. 정말로. 답장 기다리지 말고 앞으로 편지 보내지 마. 말 걸지 말라고.

4월 10일

우정의 유효 기간

중간고사 기간이 다가왔다. 학교를 감싼 전운이 피부로 느껴질 정도였다. 주변 중학교에서 공부 좀 한다는 애들이 많이 지망해서 온 학교라 시험 문제가 꽤 어려우리라는 예측이 곳곳에서 들려왔다.

나는 시험 준비를 열심히 했다. 공부가 가장 쉬웠어요, 까지는 아니지만 공부는 하는 만큼 결과가 나오기 때문에 해두는 게 좋다고 생각하는 편이다. 게다가 집중해서 하다 보면 가끔 공부가 재밌는 순간도 찾아온다. 그리고 공부를 잘하면 여러모로 유리한 점이 많다. 부모나 선생과 대면해야 할 때도 그렇고 친구들 사이에서조차 그렇다. 공부 잘하는 사람을 싫어하는 사람은 별로 없다.

그동안 복도에서 동주와 몇 번 마주쳤다. 동주는 나를 보자마자 빙긋 웃으며 다가왔지만 나는 고개를 돌려 외면했다.

중간고사가 끝나자마자 야호를 외치며 지은과 떡볶이를 먹으러 갔다. 우리는 포크를 테이블에 놓으며 요즘 뜨고 있는 아이돌 그룹 이야기를 했다. 그러다가 떡볶이가 나오자 먹는 데만 몰두했다. 나는 떡을 입에 넣으며 무심히 마지막으로 본 사회 시험 결과를 물었다. 그런데 지은은 우물쭈물하며 대답을 피했다.

"나 영어 그만둘 수도 있어."

지은은 그 말을 신호탄으로 영어 학원 선생님을 욕하기 시작했다. 학원을 옮기고 싶으면 옮기면 되지 왜 선생을 험담하는 걸까. 시험 잘 못 본 탓을 남에게 돌리고 싶은 걸까. 그래봤자 겨우 몇 점 내려간 거면서 부정적인 말을 늘어놓는 지은이 좀 못마땅해 나는 지은의 이야기를 귀담아듣지 않았다.

"민서현, 너 내 말 듣는 거야?"

"그럼."

내가 생긋 웃으며 바라보는데도 지은의 얼굴은 점점 굳어 갔다. 애가 오늘 왜 이러지?

"길게 말 안 할게. 한 가지만 묻자."

지은이 선언하듯 말했다. 나는 포크를 내려놓았다.

"날 위해 뭘 해 줄 수 있어?"

"아, 뭐래."

나는 심드렁한 얼굴로 우유를 흡입했다.

"오늘 너 왜 그래? 빙빙 돌리지 말고 말해."

나는 좀 언짢은 눈길로 지은을 바라봤고 지은은 당황했는지 입술을 지그시 깨물었다. 잠깐의 냉전. 남은 떡볶이가 식어서 굳어 가고 있었다.

"강동주."

지은이 칼을 꺼내듯 말을 뱉었다.

"강동주 포기해."

푸하하. 나는 폭소를 터뜨렸고 지은은 사냥감을 앞에 둔 맹수처럼 나를 노려보았다.

"너, 오늘 겁나 맞자."

벌떡 일어나 지은의 넓은 등짝에 손바닥 스매싱을 날렸다. 지은이 몸을 뒤틀며 비명을 질렀다.

"아, 그만하지."

지은이 내 손을 확 잡았다.

"무슨 소릴 들었는지 몰라도, 아니야."

"아니야?"

"그래. 강동주한테 관심 없어."

그제야 지은은 안도했는지 다시 포크를 집었다.

"잠깐만. 어떻게 그럴 수 있어?"

지은이 갑자기 포크를 내려놓고는 내게 따졌다.

"왜. 뭐가 또?"

"어떻게 강동주한테 관심이 없을 수가 있느냐고."

강동주가 잘생겼다는 건 인정한다. 목소리도 좋고 어깨도 넓고, 여자들이 꿈꾸는 이상형에 가까운 녀석이다. 그런데 강동주를 보면 뭐랄까, 모네나 고흐처럼 유명한 화가가 그린 그림을 보는 기분이 드는 거다. 아, 참 아름답구나. 전생에 좋은 일을 참 많이 했나 보구나. 그래서 뭐? 그게 다였다. 강동주의 얼굴, 몸, 목소리, 성적, 존재 자체가 현실 속의 실체로 다가오지 않았다. 드라마 속 주인공이나 아이돌 그룹 멤버를 보는 것 같은 비현실적인 느낌이 들었다.

강동주가 아이들의 인기를 한 몸에 받고 있다는 것도 부담스럽다. 내가 왜 강동주 때문에 아이들 입에 오르내려야 한단 말인가. 지금도 충분히 버거운데 더 피곤한 학교생활을 해야 한단 말인가. 대체 왜?

사랑? 좋다. 사랑이라고 해도 좋고 가슴 떨리는 감정이라고 해도 좋다. 그 감정이 언제까지 이어질 것 같은가? 뇌과학 책에서 그랬다. 사랑에 빠질 때 나오는 호르몬의 유효 기간은 2년을 못 넘긴다고. 길어야 2년이란다, 쳇.

우리는 거리를 헤맸다. 게임장에 들러 농구공도 넣고 노래방에 가서 신나게 노래도 불렀다. 오늘만큼은 학원도 숙제도 다 잊고 마음껏 놀아 줘야 하니까.

버스 정류장에서 버스를 기다리는데 대학생으로 보이는 사람들이 다가왔다. 명문 대학 이니셜이 적힌 점퍼를 입은 여자가 검은 가방을 멘 여자에게 쉴 새 없이 말했다. 나는 두 사람을 힐끔거렸다. 서로의 말에 얼마나 집중하는지, 두 사람은 자기들만의 세계에 완전히 빠진 듯했다.

학교 이니셜이 적힌 옷을 입고 다니는 건 어떤 기분일까? 각자 자기 학교 점퍼를 입고 지은과 만나면 어떤 기분이 들까? 이런 생각을 하는 동안 버스가 도착해서, 지은과 나는 버스에 올라 나란히 자리에 앉았다.

"영어 학원 계속 다닐 거지?"

지은은 뾰로통한 표정을 지었다.

"글쎄, 더 고민해 보고."

"영어 완전 죽 쒔구나? 몇 점인데?"

내가 히죽 웃자 지은이 안경 너머로 나를 흘겨봤다.

"아, 몰라."

나는 삐친 지은의 표정이 귀여워서 더 놀려 주려다가 참았다. 내심 지은의 수학 성적이 궁금했지만 그냥 물어보지 않았다. 물어보나 마나 수학은 잘 봤겠지. 나라면, 수학 점수가 좋을 수만 있다면 영어를 좀 망쳐도 괜찮을 것 같은데.

버스가 지은의 아파트 앞에 도착했다. 인사를 나누고 버스에서 내린 지은이 몸을 돌려 손을 흔들었다. 오랫동안 헤어지는 사람들처럼 나도 열심히 손을 흔들어 아쉬운 마음을 표현했다.

사랑의 유효 기간이 2년이라면 우정의 유효 기간은 얼마일까? 지은과 나는 대학생이 되어서도, 직장인이 되어서도

계속 연락하는 사이가 될 수 있을까?

현수 오빠에게

사과 먼저 할게요. 편지를 보내지 말라고 했지만 이렇게 다시 편지를 보내요. 이 편지를 읽지 않고 그냥 버릴 수도 있겠죠. 그래도 저는 편지를 다시 해야겠다고 생각했어요. 오빠에게 하지 못한 말이 있거든요.

솔직하게 말할게요. 제가 오빠에게 편지를 보낸 이유는 과제 때문이에요. 소논문 동아리 과제를 더 잘 해내고 싶어서, 오빠의 사연이 필요해서 편지를 쓰게 된 거예요. 그렇지만 다큐멘터리에 나온 많은 사람들 중 왜 오빠한테 편지를 쓰게 됐는지 그 이유를 말해 주고 싶었어요.

인터뷰 내내 차분했던 오빠가 몸이 불편한 할머니를 만나자마자 어린아이처럼 울음을 터뜨렸죠. 그 모습을 보고 저도 울었어요. 오빠 할머니는 치매를 앓고 계셨는데 오빠를 보자마자 손을 내미셨죠. 모든 기억을 다 잃었는데도 오빠를 또렷이 기억하셨어요.

"울지 마, 현수야."

할머니가 그렇게 말씀하셨고, 오빠는 하염없이 손등으로 눈물을 닦았어요.

시간은 야속하게 너무 짧았고 금방 헤어져야 할 시간이었어요. 할머니는 마실을 나가는 사람처럼 아무렇지 않게 말씀하셨어요.

"이따가 와. 이따가."

오빠는 이제 다시 할머니를 볼 수 없으리라는 걸 다 아는 표정이었어요.

그런데도 오빠는 정말 밝은 얼굴로 할머니를 배웅했어요. 할머니가 떠나면

오빠는 홀로 남겠죠. 오빠는 오래도록 할머니의 뒷모습을 바라봤어요.

몸도 정신도 아픈 할머니를 다시 볼 수 있을까. 오빠의 아련한 눈빛이

제게 묻는 것만 같았어요. 오빠는 출소가 3천 일 넘게 남은 장기수였고,

할머니는 여든이 넘은 알츠하이머 치매 환자셨으니까요.

유일한 가족인 할머니가 가 버렸고 앞으로 오빠를 찾아올 사람이 더는

없다는 사실을 누구보다 잘 알면서도 오빠는 희미하게 미소 지었어요.

카메라를 향해 웃으면서 머리를 손바닥으로 쓸어내렸죠. 그 모습 때문인

것 같아요. 제가 오빠한테 편지를 해야겠다고 결심한 이유가.

오빠의 마지막 미소가, 마지막 눈빛이 가슴에 박혀 잘 빠지질 않아요.

이 통증이 무엇 때문인지 잘 모르겠지만, 오빠한테 편지를 보내면 좀

가라앉을 것 같아 펜을 든 거였어요.

진심으로 사과할게요. 제가 무례했어요. 함부로 오빠한테 아픈

이야기를 들려 달라고 부탁한 거, 오빠의 과거를 아무렇지 않게 물어본 거,

다 미안해요.

다큐멘터리에서 인터뷰할 때 오빠가 그랬죠. 소년교도소는 노역

대신 직업 프로그램을 들어야 하는데 올해는 제과제빵반에 배정됐다고.

검정고시반, 자동차 정비반, 용접반, 정보전산반이 있어서 작년에는 자동차

정비반을 들었는데, 그 반은 오빠랑 잘 안 맞았지만 제과제빵반은 잘

맞는다고. 올해 제빵 기능사 자격증을 꼭 따려 한다고. 그리고 오빠는

담담하게 이렇게 덧붙였죠.

"저는 셰프가 되고 싶어요."

그 말이 자꾸 귀에 맴돌더라고요. 오빠한테 도움이 될 만한 책을 고르다가 서점에서 이 책을 발견했어요. 『180일의 엘불리』. 이 책을 영치품으로 넣어요. 미슐랭 3스타를 받은 스페인 최고의 레스토랑 엘불리를 이끄는 페란 아드리아 이야기래요. 그곳에서 6개월 동안 일하는 실습생들의 열정을 다룬 책인데 흥미로울 것 같아요.

이 편지를 버리지 않고 여기까지 읽어 줬다면 진짜 고마워요. 답장은 바라지 않고요. 제 사과를 꼭 받아 주세요.

민서현 드림

다큐멘터리가 방송에 나가고 편지를 몇 통 받았지만 내 또래한테 편지를 받은 건 처음이야. 내 또래한테 편지를 받으면 당연히 반갑고 기쁠 줄 알았는데 아니더라. 당황스럽고 부담스럽다. 그게 내 솔직한 마음이야.

너의 사과 편지를 받고 나는 또 당황했어. 내가 누구에게 사과받을 자격이 있는 놈인가. 나는 죽을 때까지 사과를 해야 하는 놈이지, 사과를 받을 수 있는 놈이 아니야.

영치품으로 넣어 준 책은 잘 볼게.

5월 10일

너를 온전히 이해하고 싶어

지은과 수다를 떨며 복도를 걸었다. 나는 가요 프로그램에 나온 신인 아이돌 그룹에 관해 떠들었고 지은은 어제 본 예능 프로그램에서 가장 웃긴 에피소드를 말했다. 우리는 배를 잡고 까르르 웃어 댔다. 우리는 소논문 동아리가 모이는 교실로 올라갔다.

"편지 보낸 결과는 어때?"

동주가 먼저 지은에게 물었다.

"좋지 않아. 대부분 답장을 해 주지 않아서 편지를 읽었는지조차 모르겠어."

지은이 약간 풀 죽은 얼굴로 말했다.

"서현이 넌?"

동주가 내게도 물었다.

"한 사람이랑 편지를 주고받기는 하는데……."

"그런데?"

"계속 답장을 줄지는 모르겠어."

내 말에 지은과 동주가 동시에 작은 한숨을 내뱉었다.

오빠의 답장을 받고 기뻤지만 다음 답장도 받을 수 있을지 확신이 안 갔다. 어떤 이야기를 해야 오빠가 내 편지를 부담스럽게 생각하지 않을지 알 수 없었다.

"그 이야기를 직접 묻는 것도 좀 그렇긴 하다. 그쪽 상처를 건드리는 거잖아."

동주가 의미심장한 말투로 덧붙였다.

"나는 편지를 보내고 나서야 그걸 깨달았어."

내가 고개를 푹 수그렸다.

"그럴 수도 있지."

동주의 목소리가 따뜻했다.

"편지를 보내는 게 좋은 아이디어가 아니었나 봐. 내가 괜히 미안하네. 우리 자료 조사나 빡세게 해 보자."

동주의 말에 지은과 나는 고개를 끄덕였다.

"책 목록 뽑아 왔어. 한번 봐 봐."

동주는 프린트해 온 종이를 우리에게 내밀었다.

"나는 해외 사례부터 살펴볼게. 집에 『범죄의 해부학』이라는 책이 있거든."

내 말을 잠자코 듣던 동주가 얼굴을 들고 나를 지그시 바라봤다. 나는 부러 동주에게서 고개를 돌렸다.

"국내 사례는 내가 조사할게."

지은이 다급하게 말했다.

"그럼 난 뭐 하지?"

동주가 머쓱해했다. 그런 모습이 귀여웠는지 지은이 수줍게 웃었다. 나는 동주를 바라보지 않으려고 애썼다.

"나는 이 목록에 적힌 범죄학 책들을 훑어보고 우리 주제에 가장 필요한 책들을 뽑아 올게."

동주가 얘기하는데도 나는 고개를 떨구고 책상 위에 펼쳐둔 흰 종이를 내려다봤다. 하얀 종이를 보자 편지를 쓰고 싶어졌고, 편지 생각을 하자 곧바로 현수 오빠가 떠올랐다.

카메라를 향해 미소 지으며 머리를 긁적이던 오빠가 한 사람을 죽음으로 몰고 간 살인자라니. 오빠를 살인자로 만든 건 무엇이었을까. 나는 오빠의 눈동자에서, 얼굴을 공개하고 죗값을 구하는 용기에서 착한 마음을 알아차릴 수 있었다. 오빠를 범죄자로 만든 건 불행한 성장 환경이 아니었을까.

동아리 모임이 끝나고 지은과 나는 복도로 나왔다. 지은이 잠깐 화장실에 간다고 해서 나는 창밖을 바라보며 기다렸다.

"서현아, 수학 학원 같이 갈래?"

동주가 다가와 물었다.

"아니. 혼자 가는 게 편해."

동주는 알았다고 말하고는 걸어갔다.

나는 학교를 나와 지은과 바로 헤어졌다. 가던 길을 벗어나 무작정 걸었다. 버스 정류장으로 가는 길을 걸으면 분명 동주와 또 마주칠 수밖에 없을 테고, 동주가 말을 거는 모습을 누가 본다면 학교에 어떤 소문이 퍼질지 몰랐다. 학원 하루 빠지지, 뭐. 될 대로 되라는 심정으로 걷다가 동네 도서관이 보이기에 걸음을 멈췄다.

도서관 벤치에 앉아 하늘을 올려다봤다. 작은 구름들이 기이한 모양을 유지하며 나란히 펼쳐져 있었다. 동주가 성가셨다. 동주를 힐끗거리는 지은의 눈길을 보는 것도, 동주가 아무렇지 않게 다가와 작은 목소리로 소곤대는 것도 전부 신경이 쓰였다.

깊은 한숨을 푹푹 내쉬며 시선을 옆으로 돌렸더니, 미루나무 옆 벤치에 앉아 있는 동주가 보였다. 무얼 올려다보는지 녀석은 한참 하늘을 바라보다가 자신을 바라보는 나와 눈이 마주쳤다.

동주가 살랑살랑 불어오는 초여름의 바람처럼 시원한 미소를 지었다. 한쪽에만 잡히는 보조개와 푸른 하늘과 더 푸르른 미루나무 잎사귀들이 고즈넉하게 내 마음을 채웠다. 동주는 나를 하염없이 바라봤다. 나도 가만히 동주를 마주 보았다.

너를 온전히 이해하고 싶어.

동주의 눈빛이 반짝였다. 햇살을 받은 동주의 눈동자는 빛이 산란하는 수면처럼 눈부셨다. 동주의 눈빛은 내게 말을 걸었고 나는 주먹을 움켜쥐었다. 가슴이 쿵 하고 곤두박질 쳤다. 무서운 놀이 기구를 타는 것처럼 심장이 아찔하게 하강했다.

현수 오빠에게

오빠 편지를 손에 들고 어린아이처럼 방방 뛰어다녔어요. 다 큰 고딩이 어린애처럼 뭐 하는 짓이냐고 엄마가 혼까지 냈다니까요.

오빠는 죽 할머니랑만 살았던 거예요? 다큐멘터리에는 할머니만 나오고 부모님은 나오지 않던데 사연이 있는 거겠죠? 아, 또 주제넘게 제가 선을 넘었네요. 캐묻는 것처럼 느껴졌다면 죄송해요.

얼마 전 〈스시 장인: 지로의 꿈〉이라는 영화를 봤는데 진짜 좋았어요. 스시에 관해 새로 알게 된 점도 많았지만 무엇보다도 장인 정신이 어떤 것인지 어렴풋이 느껴졌거든요. 오빠도 이 영화를 보면 좋을 텐데. 그 생각이 가장 먼저 들었어요. 빵 만들고 제빵 기능사 시험 볼 때도 도움이 될 것 같아서요. 참, 책은 어때요? 읽어 봤어요?

오빠가 제빵 기능사 시험에 꼭 합격하면 좋겠어요. 오빠가 만든 빵을 먹어 보고 싶은데. 나중에 만들어 줄래요?

제 취미 중 하나는 문장 수집이에요. 좋은 문구를 일기장에 메모해 두고 우울하거나 슬플 때마다 다시 읽으면 기분이 괜찮아지더라고요.

오빠한테도 문장 하나를 선물해 주고 싶네요. 이 문장이 오빠한테
조금이라도 의미 있기를 바라며.

"미지근한 불로는 맛있는 요리를 할 수 없다."

민서현 드림

일주일에 한 번, 두 시간 동안 문화의 집에서 영화도 보고 게임도
하고 책도 읽을 수 있어. 그런데 추천해 준 영화가 DVD 목록에 있을까
모르겠네.

네가 넣어 준 책을 읽고 있어. 세계 최고의 레스토랑 엘불리에서
실습생으로 일할 기회를 얻기 위해 해마다 3천 장의 지원서가
쌓인다더라. 네 말대로 이 책은 실습생들이 그곳에서 어떤 일을 하고
어떤 배움을 얻는지 자세히 적고 있어.

이 책을 읽는 동안 자꾸 내가 지금 엘불리에서 일하고 있다는
착각을 하게 돼. 그럴 수 있다면 당장이라도 비행기를 타고 이 식당에서
실습생으로 일해 보고 싶어. 그럴 수 없다는 걸 잘 아니까 마음이 더
뜨거워지고. 예전부터 느낀 거지만 마음이라는 녀석은 참 제멋대로야.

책을 읽고 이런 문장들에 밑줄을 그었어.

엘불리도 군대처럼 엄격한 계급이 있다. 맨 위의 계급은
총주방장이고 그 밑으로 주방장이 세 명, 그 아래로는 부주방장,
그 밑으로는 주방의 여섯 파트를 책임지는 파트장들이 자리한다.

전문 요리의 세계에서 뭔가를 배우려면 자기 자신과 자아까지도 내려놓을 수 있어야 한다.

무엇이 훌륭한 실습생을 만드느냐고 묻자 주방장은 대답한다.

"겸손입니다."

5월 25일

동주와 나는 그렇게 떨어져 앉은 채로 눈빛만 주고받았다. 동주도 나도 망설이고 있었다. 우리가 망설이는 게 무엇인지도 모르면서.

나는 말없이 일어나 그 자리를 빠져나왔다. 가슴이 두근거렸다. 동주가 내 심장 소리를 들을까 봐 애가 탔다. 그 마음마저 들킬까 봐 묵묵히 걷기만 했다. 시장 골목을 지나 버스 정류장을 지나 무작정 걸었다. 단층짜리 건물들과 높이 솟은 건물들을 지나 공원으로 향했다.

초여름이 시작되었구나. 공원의 나무들이 푸르르고 눈부셨다. 제각기 다른 빛깔로 빛나는 나뭇잎들을 눈여겨보며 걸었다. 밝은 연두도 있었고 좀 더 짙은 연두도 있었고 완연한 초록도 있었고 새파란 초록도 있었다. 지은과 함께 공원에

오면 지은은 나무 이름을 몹시 궁금해했다.

"저 나무는 이름이 뭘까? 저 꽃은 또 뭘까?"

그러다가 나무 앞에 꽂힌 작은 표지판이라도 발견하면 아이처럼 좋아하며 이름을 천천히 읽었다.

"느티나무. 아, 이렇게 생긴 잎이 느티나무구나. 잎사귀가 아기자기하고 예쁘다, 그렇지?"

허리를 깊이 숙인 채 나뭇잎과 꽃을 들여다보는 지은의 마음과 여유가 좋았다. 지은과 함께 공원을 거닐면 성적이나 입시 같은 문제들이 하찮고 먼 일로만 느껴졌다. 그러고 보니 지은과 공원을 찾은 게 까마득한 옛일 같았다. 고등학생이 되고 함께 다니던 학원이 줄어들면서 지은과 조금씩 멀어지는 기분이 들었다.

발걸음을 멈추고 뒤를 돌아봤다. 여기까지 내 뒤를 졸졸 따라오던 동주가 멈칫하며 딴청을 피웠다. 운동화로 콩콩 바닥을 두드려 대는 모습을 물끄러미 바라보다가 나는 다시 몸을 돌려 앞으로 나아갔다.

공원 안으로 더 깊숙이 들어가자 동주가 나와의 간격을 좁혔다. 내 뒤에 바짝 붙어 내 걸음 속도에 맞춰 천천히 걷고 있었다.

"학원 안 가?"

내가 먼저 입을 뗐다.

"너는?"

"난 오늘 안 가려고."

내가 걸음을 멈추고 나무 벤치에 앉자 동주도 내 옆에 가만히 앉았다. 나는 신발 앞코로 시선을 내렸다.

"지은이가 너 좋아해."

내가 불쑥 말했다.

"그래?"

"몰랐어?"

"응. 몰랐어."

나는 슬쩍 동주를 바라보며 말했다.

"너도 참 피곤하겠다."

"뭐가?"

동주가 두 팔을 뒤로 뻗어 벤치 모서리를 잡으며 물었다. 죽 뻗은 두 팔이 단단히 지탱하는 동주의 어깨에 노을빛이 쏟아졌다.

"많은 사람들이 나를 좋아하는 거, 매 순간 나를 바라보는 거. 생각만 해도 숨이 막힐 것 같아서."

"유쾌하진 않지. 답답할 때도 있고."

동주가 입술을 쫑긋 모으며 대답했다.

"근데 서현이 너랑 있으면 안 그래. 왠지 숨통이 트이는 기분이야."

동주의 검고 진한 눈동자가 나를 골똘히 들여다봤다.

"너, 드라마 많이 보지?"

"아니."

"근데 어떻게 그런 대사들을 얼굴색 하나 안 변하고 하냐."

"좀 느끼한가?"

동주가 허리를 곧추세우며 물었다.

"좀이 아니라 많이."

너를 좋아하는 지은은 알까? 네가 느끼한 말을 얼굴색 하나 안 변하고 날릴 수 있는 아이라는 걸?

문득 동주의 표정이 심각해졌다.

"근데 나는 이유를 모르겠어. 사람들이 나를 왜 그렇게 쳐다보는지."

헐, 얘 뭐래니. 이런 말 같지 않은 소리를 가끔 한다는 것도 지은은 아마 모를 거야.

"네가 잘생겼다는 걸 몰라? 집에 거울 없어?"

"거울? 있지."

"거울 보면 알 거 아니야?"

혹시 거울에 금이 가거나 낙서가 되어 있는 거 아니야?

"이건 아무한테도 말하지 않은 건데."

동주의 목소리가 낮게 깔렸다.

"진짜 잘생긴 사람이 가까이에 있거든."

"누구?"

지은이 옆에 있었다면 "이거 실화냐?"라고 대꾸해 주었을 텐데.

"내 형."

순간 머리가 어지러웠다. 강동주보다 잘생긴 사람이 있다고 생각하니 현기증이 일었다. 나도 모르게 한 손으로 머리를 짚었다.

"왜 그래?"

"좀 어지러워서."

"기댈래?"

동주가 손으로 자기 어깨를 몇 번 두드렸다. 그 모습이 또 현기증을 일으켰다.

"됐거든."

갑자기 동주는 가방에서 뭘 꺼냈는데 노트였다. 얇은 노트를 꽉 잡더니 부채 삼아 내 얼굴 쪽으로 바람을 만들었다.

"난 잘 모르겠어. 새 학기 시작할 때마다 여자애들이 휴대폰 번호 묻거나 초콜릿을 주거나 그러는데, 나한테 왜 그럴까 싶어. 수학 좀 잘하는 거 빼곤 공부도 그냥 그렇고 미술도 못하거든. 완전 음치인 데다가 다룰 줄 아는 악기도 없고 잘하는 운동이 없어서 애들이 체육 시간마다 따 시켜."

"남자애들한테는 인기가 없구나?"

"완전 없어. 형도 날 무시하고 아빠도 그래. 형은 어릴 때부터 수학 영재였거든. 초등학교 6학년 때 고등학교 수학 문제를 다 풀 정도였어. 아빠는 대놓고 형과 날 비교해. 형처럼 천재가 아니면 쓸모없는 인간이래. 부모님 사랑 받는 건 일

찌감치 포기했어. 어차피 형을 이길 수는 없을 테니까.”

동주의 이마를 물들이는 붉은 노을을 보다가 하늘을 올려다봤다.

“그래도 부럽다. 형제가 있어서.”

“외동딸이구나?”

“응. ‘넌 하나뿐인 우리 딸이야.’ 난 이 말이 제일 무서워.”

하늘을 물들인 노을빛이 순간순간 변해 갔다. 노을은 바라볼 때마다 다르다. 매일 다른 빛깔로, 다른 속도로 하늘을 물들인다. 그래서 아무리 봐도 질리지 않고 볼수록 신비롭다.

동주가 가볍게 한숨을 쉬고는 크게 기지개를 켰다. 긴장이 풀렸는지 동주가 입을 가린 채 하품을 했다. 그 모습을 보니 나도 덩달아 하품이 나왔다. 두 손으로 얼굴을 가리고 하품을 했다. 손을 내리다가 동주와 눈이 딱 마주쳤다. 우리는 동시에 풋, 하고 웃음을 터뜨렸다.

“갈까?”

내 말에 동주는 노트를 가방에 도로 넣고 일어섰다. 우리는 나란히 공원을 빠져나와 걸었다.

“너도 오늘 수학 째려고?”

내가 묻자 동주는 고개를 가볍게 끄덕였다. 길가의 가로수들이 연초록빛을 내뿜었다. 여름을 반기고 환영하는 그 빛깔에 금세 마음을 빼앗겼다.

“나는 3319 타.”

버스 정류장에서 버스를 기다리며 내가 말했다.

"바래다줄까?"

동주가 다정하게 물었다.

"혼자 갈게."

버스가 바로 전에 떠났는지 좀처럼 오지 않았다.

"우리 팀 소논문이 논문 대회에 나갈 수 있을까?"

동주가 버스가 오는지 차도를 힐끔거리며 물었다.

"글쎄. 힘들지 않을까? 선배들 논문이 금상 받을 확률이 높을 테니까."

"결과는 어떻게 될지 모르겠지만 소논문 동아리 잘 든 것 같아. 재밌어."

동주의 싱거운 말에 나는 적당히 대꾸할 말을 찾지 못하고 버스 도착 시각을 알려 주는 앱을 들여다봤다.

"왔다."

내 말에 동주도 다가오는 버스를 쳐다봤다.

"내일 봐."

"응."

버스에 올라타 자리에 앉았다. 동주가 환하게 웃으며 손을 흔들었다. 내 쪽을 하염없이 바라보는 동주에게 손 인사를 건넸다. 버스가 출발하자 나는 앞을 바라봤다. 나는 손을 내리고 주먹을 꽉 쥐었다. 동주와 부쩍 가까워졌다는 생각이 들었고, 그래서 불안했다. 동주 때문에 지은의 마음에 상처를 줄까 봐 두려웠다.

현수 오빠에게

날이 점점 더워지고 있죠. 저는 여름을 기다려요. 원래 봄을 별로 좋아하지 않거든요. 황사도 싫고 환절기 알레르기가 봄에 부쩍 심해져서요. 오빠는 어때요? 어떤 계절을 가장 좋아하고 싫어해요?

마음이라는 게 제멋대로인 것 같다고 했죠? 진짜 그런 것 같아요. 내 마음인데도 내 뜻대로 안 되고 아무리 노력해도 바뀌지 않잖아요. 제 친구가 첫사랑에 빠졌거든요. 좋아하는 애 앞에만 가면 얼마나 수줍어하는지 몰라요. 그런데 대체 사랑은 뭘까요? 내 마음대로 안 되고 내 뜻대로 안 되는 감정일까요? 아니면 서로를 깊이 이해하는 관계일까요? 오빠는 사랑에 빠진 적이 있어요? 전 아직 없는 것 같아서요.

참, 할머니는 잘 지내고 계신가요? 소식은 듣고 있는지, 할머니 몸은 좀 어떠신지 많이 궁금해요. 다음 편지에는 할머니 소식도 꼭 전해 주세요. 그리고 옐불리 이야기를 더 듣고 싶어요. 실은 오빠한테 책을 선물하기 바빠 전혀 읽지 못했거든요.

그럼 답장 기다릴게요. 부담 느끼지 말고 시간 날 때 천천히 답장 주세요.

민서현 드림

여름을 기다린다는 말에 좀 놀랐어. 나도 여름을 많이 기다렸거든. 어떤 계절을 좋아하느냐고 물었지? 여름을 좋아하고 겨울을 싫어해. 이곳의 겨울은 혹독해. 누구나 여기에 오면 겨울을 싫어할 거야. 모두 가장 견디기 힘든 건 추위라고 말하지. 그렇지만 나는 이 정도 고통은 견뎌야 한다고 말해. 나 때문에 고통 속에 있는 피해자 가족을 생각하면 이까짓 추위로 힘들다고 말하면 안 되는 거니까.

바닥은 말 그대로 냉골이야. 정말 추워서 잠이 오지 않는다는 게 어떤 건지 몸소 알게 돼. 조금 자다가 다시 깨고 조금 자다가 다시 깨기를 반복해. 그러다가 잠이 몽땅 달아나 버리면 새벽의 한기 속에서 눈을 떠. 그러면 바로 코앞에 내가 저지른 일이 보여. 내가 저지른 일로 고통스러워하는 사람들이 차례로 다가와. 눈을 질끈 감고 잘못했다고 아무리 외쳐도 잘 사라지지가 않아.

미슐랭 가이드 별을 받은 뉴욕 한식당 셰프가 작년에 특강을 왔었어. 그분은 보육원 출신으로 평범하지 않은 성장기를 거쳤지만 누구보다 당당했고, 셰프로 성공한 자기 삶을 이야기했어. 셰프의 강의를 듣는 내내 손에서 땀이 나고 머리가 뜨거웠어. 그분의 말 한 마디 한 마디가 가슴에 꽂혔어.

"스타 셰프들 90퍼센트 이상이 비싼 요리 학교를 나오지 않고도 성공한 사람들입니다. 좋은 학교를 가야만 훌륭한 셰프가 되는 건 아니라는 뜻이죠. '맛'을 알고 경험을 쌓는 게 중요합니다. 출소 후에 갈 곳이 없으면 저를 찾아오세요. 우리 주방이 가족이자 동료가 되어 주겠습니다."

가족이 되어 주겠다는 그 말에 나는 흔들렸어. 여기에 있는 사람들 중에는 가족이 없는 사람들이 꽤 있는데, 그런 사람들은 출소 날짜가 다가오는 걸 걱정해. 동갑인 친구가 한 놈 있는데 녀석도 그렇대. 녀석은 보육원에서 형과 지내다가 혼자 도망쳐 나왔어. 길거리를 떠돌다가 범죄를 저질렀는데, 유일한 혈육인 형과 연락이 안 된대. 형이랑 연락을 안 한 지도 꽤 오래됐고 형이 어디에 있는지도 모른다네.

출소하려면 아직 멀었지만 나도 마찬가지야. 내가 출소하기 전에 할머니가 돌아가실 테니까. 이런 이야기를 내 손으로 적다니. 할머니가 그때까지 건강하시기를 누구보다도 바라지만 그게 불가능하다는 걸 잘 알고 있어. 할머니 소식을 물어봤지? 할머니는 잘 지내고 계신대. 선생님들이 할머니가 계시는 요양원 담당자와 가끔 통화를 해 주셔.

네가 보내 준 책 때문인지 요즘 내 머릿속은 온통 요리 생각으로 가득해. 요리에 대해 생각하는 동안엔 할머니 생각이 덜 나. 할머니한테 미안한 말이지만, 할머니 생각을 하는 게 너무 괴로운 날은 무작정 도망치고 싶기도 해.

DVD 목록에 네가 추천해 준 영화는 없더라. 조금은 먼 미래가 되겠지만 출소하면 찾아서 볼게.

6월 4일

저마다의 빛깔로 아름다운

집에 들어서자 냉랭한 분위기가 훅 밀려왔다. 식탁 의자에 앉아 있는 엄마 표정이 어느 때보다 딱딱했다.

"민서현, 앉아 봐."

나는 슬그머니 의자를 빼고 얌전히 앉았다. 엄마가 미간을 잔뜩 찌푸렸다. 왜 학원에 빠졌느냐고 물어보면 뭐라고 대답하지? 몸살 기운이 있어서 병원에 갔었다고 할까? 그럼 처방전을 보자고 하려나?

"수학 학원 안 다니고 싶니?"

찌푸린 얼굴과 어울리지 않는 침착한 목소리로 엄마가 물었다. 최대한 감정을 자제하려고 애쓰는 듯했다.

"그건 아니야."

"근데 왜 학원을 빠져?"

나는 고개를 수그렸다. 엄마의 시선을 피하고 싶었다.

"수학 성적이 발목을 잡고 있는데 학원까지 빠지면 어쩌자는 거니?"

엄마 목소리가 높아졌다. 나는 엄마한테 하고 싶은 말이 많았지만 머뭇거렸다. 지금 이 상황에서 하고 싶은 말을 하면 말대꾸한다고 생각할 거고, 엄마는 더 화를 낼 거고, 더 화를 내다가…….

"수학 포기할 거야?"

"공부하고 있어."

"하면 뭐 해. 오르지를 않잖아."

나는 고개를 들고 엄마의 시선을 맞받았다.

"수학 안 오르면 안 오르는 대로 맞춰서 대학 갈 거야."

"뭐? 그걸 말이라고 해?"

엄마가 눈을 동그랗게 떴다. 나를 쏘아보는 엄마의 눈빛에 짜증이 솟구쳤지만 참아야 했다.

"넌 우리한테 하나밖에 없는 딸이야. 네가 잘못되면 엄마 아빠는……."

또 시작이군. 엄마 눈이 벌겋게 충혈되었다. 내가 이쯤에서 굴복하지 않으면 엄마는 울음을 터뜨릴 것이다. 너는 하나밖에 없는 딸이다. 우리는 너를 최고로 키웠다. 그러니 너는 좋은 결과로 보답해야 한다.

"알았어. 앞으로 학원 절대 안 빠질게. 성적도 올릴게."

엄마는 항상 더 많은 것을 원했다. 중학교 때도 그랬다. 반에서 2등을 하면 1등을, 반에서 1등을 하면 전교 1등을, 전교 1등을 하면 전국 경시대회 수상을. 나는 늘 죽을 만큼 힘을 내 달리고 있는데 엄마는 옆에서 더 빨리 달려야 한다고, 여기서 주저앉으면 안 된다고 소리쳤다.

가끔은 엄마에게 대들었고, 가끔은 일부러 반항했고, 가끔은 아빠를 붙잡고 하소연을 했다. 아빠는 너털웃음을 터뜨리며 "엄마가 나보다 현명하고 똑똑하잖니. 그냥 엄마 말을 듣는 게 좋지 않을까?"라고 말했다. 아빠는 가족의 평화를 내세우며 적당히 비겁하게, 적당히 무심한 태도를 유지했다.

성적이 중요하지 않다는 게 아니다. 좋은 대학에 들어가고 싶지 않다는 게 아니다. 하지만 모든 과목을 다 잘하기란 쉬운 일이 아니다. 수학을 잘해도 영어는 못할 수 있고, 영어를 잘해도 사회는 못할 수 있지 않은가. 나는 수학을 못하지만 국어와 영어는 잘한다. 내가 잘하는 것을 살릴 수 있는 학과, 진로가 있다고 생각한다. 대학 이름도 중요하지만 적성에 맞는 학과가 더 중요하지 않을까.

중학생 때는 엄마 말이 다 맞다고 생각했지만 요즘에는 생각이 달라졌다. 가끔 어떤 의심이, 어떤 질문이 주머니를 찌르는 송곳처럼 삐죽 튀어나와 온종일 나를 괴롭힌다. 왜 모든 과목을 잘해야 하는 거지? 왜 좋은 대학에 가면 좋은 미래가 보장되어 있다는 듯 말하지? 왜 우리를 하나의 기준으로

만 판단하려고 하지?

　우리 반 승연은 그림 그리는 걸 좋아한다. 미대 입시를 준비할까 잠깐 고민한 적도 있는데, 획일적인 그림만 요구하는 입시 미술에 질려 웹툰 쪽으로 진로를 바꾸고 싶어 한다. 승연의 그림은 생동감 넘치고 색감이 좋다. 좋은 웹툰 작가가 될 수 있을 것 같다. 그런데 승연은 부모님이 웹툰 작가를 반대하셔서 고민이 많다.

　소원은 영어를 잘한다. 앞으로 열릴 교내 영어 말하기 대회에 나간다면 나의 가장 큰 경쟁 상대가 될 아이다. 소원은 목소리가 얼마나 낭랑하고 큰지 아나운서를 해도 잘할 것 같다. 그런데 소원은 자신이 아나운서가 될 수 없을 거라고 말한다. 키가 더는 자라지 않기 때문이다. 작은 키는 소원에게 늘 스트레스다.

　고운은 내 공부 라이벌이다. 나는 공부밖에 몰라요. 공부가 가장 쉬웠어요. 공부 말고 다른 재밌는 게 뭐지요? 이런 문장들을 연달아 떠오르게 하는 아이다. 공부는 잘하는데 좀 이기적이다. 애들한테 노트 필기, 절대 안 빌려준다. 애들이 쉬는 시간에 뭐 물어볼까 봐 이어폰을 꽂아 버린다. 점심도 다른 반 아이와 먹으러 간다. 그런데 고운은 체육을 못한다. 오르지 않는 실기 성적이 고운의 가장 큰 스트레스다.

　유리는 팔다리가 죽 뻗어서 친구들이 모두 부러워하는 아이다. 얼굴도 귀엽고 머릿결도 장난 아니게 좋다. 그런데 유리는 공부를 잘 못하고 꿈이 없다. 유리는 아직 꿈을 찾지 못한 자신을 못마땅해한다.

그리고 아름이. 아름은 늘 혼자 지낸다. 쉬는 시간에는 책상에 엎드려 있다가 나무늘보처럼 천천히 자세를 바꾸고, 수업 시간에는 고개를 푹 숙인 채 필기를 하는 듯 보이지만 수업과 관련이 없는 글을 쓴다. 아름은 급식실도 혼자 가거나 아니면 점심을 자주 굶는다. 우리가 아름을 따 시키는 게 아니라 아름이 우리를 따 시키는 것 같다. 나는 문득문득 궁금했다. 그렇게 혼자 지내면 외롭지 않을까? 혼자 먹는 밥은 맛이 없지 않을까? 수업 시간마다 도대체 무슨 글을 쓰는 걸까?

내 열등감은 코다. 햇빛을 받아도 음영이 지지 않는 낮은 콧대를 좀 높이고 싶을 때가 있다. 키가 자라면 저절로 콧대가 높아질 거라고 생각했는데 아니었다.

친구들은 각자의 개성을 머금고 빛난다. 각자 품고 있는 색깔이 다르고 표현할 수 있는 색감도 다르다. 자기의 색을 아직 발견하지 못했지만 찾으려고 노력하는 친구도 있고, 자기가 어떤 색깔의 사람인지 전혀 궁금해하지 않는 친구도 있다.

저마다의 빛깔로 아름다운 아이들은 자기만의 열등감을 갖고 있다. 꿈이 없거나 너무 많아서, 꿈이 있지만 부모님이 반대해서, 눈이 작아서, 키가 작아서, 얼굴이 넓적해서, 종아리가 굵어서, 쌍꺼풀이 없어서, 수학을 못해서, 영어 듣기를 못해서, 체육을 못해서, 친구가 없어서 등등. 우리 모두를 열등감 덩어리로 만드는 건 대체 누구일까. 아무리 뭐라고 떠들든, 누가 뭐라고 지적질하든, 나는 자신을 사랑할 거라고 당당히 외칠 수 있으려면 얼마나 많은 시간이 필요한 걸까.

엄마는 늘 내게 더 많은 것을 원하고 나는 늘 엄마에게 인정받고 싶어 허덕인다. 엄마가 나를 누구보다도 사랑한다는 걸 알지만, 나는 한 가지 질문 앞에서 망설이게 된다. 왜 엄마는 나를 믿지 못할까. 나를 치켜세우는 듯한 엄마의 말 아래로 흐르는 더 큰 욕심과 내 가능성에 대한 의심을 왜 나는 매번 느끼고야 마는 걸까. "네가 하고 싶은 거 해야지."라는 엄마의 말은 내 귀에 이렇게 들린다. "단, 성적이 좋으면. 좋은 결과를 가져오면."

엄마가 나를 믿지 못한다 해도 내가 나를 믿어 주면 된다. 하지만 스스로를 믿어 준다는 것이 어떤 건지 아직 잘 모르겠다. 굳건히 나를 믿어 주려면 어떻게 살아야 할까? 무엇부터 시작해야 하는 걸까?

나중에 현수 오빠한테 물어봐야겠다. 나이를 몇 살 더 먹으면 나를 더 믿어 줄 수 있는 건지, 나를 믿으려면 어떻게 해야 하는지.

현수 오빠에게

오빠가 밖으로 나올 때까지 기다렸다가 그 영화를 본다는 건 너무한 것 같아요. 그래서 좋은 방법이 없을까 고민하다 좋은 생각이 하나 떠올랐어요. 그 영화에 나오는 자막을 전부 필사했어요. 영화에 나오는 스시 이미지는 그림 잘 그리는 친구한테 부탁했고요. 이렇게 하면 오빠가 영화를 보는 것 같지 않을까요? 아, 한 가지 아쉬운 게 있네요. 영화의 주인공 지로 씨 얼굴. 그림 잘 그리는 친구가 아직 얼굴은 자신이 없대요. 지로 씨는 머리가 조금 벗겨졌지만 건강하고 허리가 꽤 꼿꼿하고 꼬장꼬장한 85살의 할아버지예요. 눈앞에 지로 씨가 떠오르나요?

영화는 지로 씨의 목소리로 시작해요.

"'맛있음'을 정의하는 것은 무엇인가? 맛은 설명하기 힘들어. 난 꿈에서 아이디어를 떠올리지. 생각들이 터져 나와서 한밤중에 잠에서 깨곤 해. 꿈에서 나는 스시의 환영을 보지."

그 후에 이어지는 할아버지 말은 이 영화 전체의 주제를 함축하는 것 같아요. 이 말을 오빠한테 꼭 들려주고 싶었어요.

"한번 직업을 결정하면 당신은 그 일에 몰두해야 합니다. 일과 사랑에 빠져야 해요. 절대 불평해선 안 되죠. 기술에 통달하기 위해 당신의 인생을 헌신해야 합니다. 그것이 성공의 비밀이에요. 그리고 명예롭게 사는 비결이죠."

할아버지는 밥과 생선 사이의 균형, 즉 완벽한 조화로움을 강조했어요. 할아버지가 만든 스시를 먹은 사람들은 음악이 듣고 싶어진대요. 스시 코스

자체가 완벽한 협주곡이래요. 저는 음악적 지식이 부족해서 무슨 말인지 잘 모르겠지만, 하여튼 맛이 대단하다는 뜻 아닐까요? 할아버지 식당은 미슐랭에서 별을 세 개나 받았고 가격도 어마어마하게 비싸대요.

스시 코스는 이렇게 구성되어 있어요.

1단계: 고전적인 생선들. 넙치, 오징어, 전갱이. 기름기 없는 참치, 중간 참치, 기름기 많은 참치 대뱃살, 전어 등.

2단계: 그날 잡은 생선들. 대합조개, 줄무늬고등어, 보리새우, 학꽁치, 문어 등.

3단계: 성게, 해만 가리비, 연어알, 붕장어, 그리고 말린 호박말이와 구운 달걀로 마무리.

어때요? 친구가 그려 준 그림들, 제법 그럴싸하죠?

이 영화를 보고 놀란 건 쓰키지 어시장 사람들 인터뷰였어요. 어시장은 전문가들의 성지였거든요. 참치 판매업자는 평생 참치만 다루고 새우 판매업자는 평생 새우만 다룬대요. 그들이 하는 말은 놀랍도록 지로 할아버지의 말과 닮았어요. 예를 들면 이런 말들요.

"우리는 까다롭게 팔아요. 이 나이에도 새로운 기술을 발견하는 중이죠. 자기가 다 안다고 자신한다면 곧 거짓말이라는 걸 깨닫게 될 겁니다."

신기하죠. 한 분야에서 경지에 다다른 사람들은 생각하는 것도, 하는 말도 비슷해지나 봐요. 아니면 저런 생각을 하기 때문에 그토록 놀라운 경지에 도달할 수 있는 걸까요?

오늘은 계속 먹는 이야기만 했네요. 마지막 문장 선물도 요리 이야기로 할까 봐요. 인터넷으로 기사를 기웃거리다가 발견한 글인데, 이 글을 읽고 지로 할아버지와 오빠가 동시에 떠올랐어요.

"아니 고기 하나 굽는 게 뭐 대수라고 이렇게 지루하게 시시콜콜 써 내려가다니, 라고 생각할 독자가 있을 법하다. 하지만 어쩌랴. 무언가를 완벽에 가깝게 한다는 것은 지루해 보이는 일을 매 순간 즐기면서 매번 아주 조금씩 발전을 도모하는 방법 말고는 없다. 그러다 보면 '햄버거 먹고 감동하기는 평생 처음'이라는 칭찬도 때로 듣게 된다." (「초보 셰프 김성규의 푸드카」, 시간과 온도의 예술 '패티 굽기' 중에서)

민서현 드림

영화 필사본 잘 받았어. 친구가 그림을 정말 잘 그린다. 스시를 먹어 본 적이 없는데 나중에 꼭 먹어 봐야겠다. 지로 씨 참 멋지네. 하는 말마다 명언이야.

어제는 지난번에 말했던 친구 생일이라 비빔국수를 먹었어. 우리 방 전통이야. 생일을 맞은 사람이 있으면 비빔국수에다 영치금으로 산 소시지, 훈제 닭을 듬뿍 넣어 특별한 국수를 만들어 먹어. 진짜 맛있어. 운이 좋은 사람은 자기 생일날 미역국이 나오기도 하지만 자주 있는 일은 아니지. 그 친구는 미역국 대신 특별 비빔국수를 흡입하며 웃었어. 좀처럼 웃지 않는 녀석인데 아이처럼 헤헤거리며 웃는 모습을 보니 마음이 좋더라.

녀석은 출소하면 짜장면을 먹고 싶대. 보육원에서 대청소하는 날에 아이들과 함께 먹었던 짜장면 맛을 잊을 수 없다나. 녀석이 나랑 동갑이고 연락이 안 되는 형이 있다고 했잖아. 녀석 소원이 형과 다시 만나 짜장면을 먹는 거래. 녀석은 출소가 얼마 남지 않았어. 출소하면 형 연락처를 다시 알아보겠다고 벼르고 있지.

작년 가을에 한국중식봉사나눔회에서 짜장면 봉사를 왔었어. 어떤 녀석은 2년 6개월 만에 먹는 짜장면이라고 했고, 어떤 형은 4년 만에 먹는 짜장면이라고 했지. 그 맛을 어떻게 묘사할 수 있을까. 달콤한 짜장 냄새를 맡기만 해도 입에 침이 고이고 심장이 두근거리고 숨이 멎을 것 같았지. 가슴 떨리는 완벽한 맛이었어.

내게는 슬픈 짜장면이기도 했어. 아버지 생각이 났거든. 할머니와 살기 전에 아버지와 이사를 자주 다녔는데, 아버지는 이사 날이면 꼭 짜장면을 사 줬어. 아버지와 다시는 짜장면을 먹을 수 없다는 사실이 떠올라 마음이 아팠어. 아버지 이야기는 처음 하는 건가? 아버지와 엄마 이야기는 다음 기회에 다시 할게.

내 꿈이 셰프라는 이유로 계속 먹는 이야기만 한 것 같다. 좀 늦은 감이 있지만 물어보고 싶어. 네 꿈은 뭐니?

6월 13일

걷잡을 수 없는 것

사흘째 동주와 마주치지 않고 있다. 소논문 동아리 모임이 있는 내일까지는 마주칠 일이 없을 것이다. 학교에서도 학원에서도 동주와 마주치지 않으려고 무던히 애썼다. 동주와 만나고 싶지 않았다. 동주의 해맑은 미소를 보고 싶지 않았다. 동주의 진지하고 부드러운 목소리를 듣고 싶지 않았다.

동주 때문에 신경이 곤두선 사이에 급식실 사건이 터졌다. 1반과 2반인 우리 반은 같은 시간대에 점심을 먹기 때문에 서로 다툼이 생기지 않도록 한 주는 1반이 먼저, 그다음 주는 우리 반이 먼저 급식실에 줄을 선다. 이번 주는 우리 반이 먼저인데, 1반 아이들 몇 명이 말도 없이 우리 앞으로 줄을 서서 점심을 먹은 것이다.

"와, 완전 막장이네."

"이런 양아치 같은 것들이 있나."

반 아이들은 분개했다. 아무리 먹어도 허기지기 때문에 점심을 누가 먼저 먹느냐는 중요한 문제였다.

"민 회장, 이대로 넘어갈 거야?"

아이들은 회장인 내가 공식적으로 나서 주기를 바랐다.

"후딱 해치우고 올게."

내가 자리에서 벌떡 일어나자 아이들은 "오, 역시!" 하고 감탄사를 날렸다. 시험공부에 열중하느라 깎인 회장으로서의 위신도 세우고 현명하게 문제를 해결하는 모습을 보여 주자. 그렇게 마음먹고 1반으로 넘어갔다.

"민 회장이 여기까지 어인 행차래?"

1반 회장 전수빈은 만만치 않은 아이였다. 전수빈은 내가 무슨 일로 왔는지 다 안다는 표정으로 고개를 빳빳이 세웠다.

"급식을 먼저 받은 아이들에게 사과를 받아야겠는데."

나는 당당한 목소리로 우리 반 아이들의 뜻을 전했다. 적진 한가운데에서도 전혀 기죽지 않은 내 기세에 전수빈은 잠시 주춤했다.

"사과는 무슨. 남의 반에서 나대지 말고 꺼지시지."

1반의 사건 사고를 담당하는 녀석이 얼굴을 찡그리며 내 앞으로 다가왔다.

"그 말은 1반이 먼저 급식 받는 날에 우리도 같이 줄 서도 된다, 이 소리지?"

"뭐? 이게 싹퉁머리를 쓰레기통에 버리고 왔나."

"그만해."

전수빈이 녀석과 나 사이에 끼어들었다.

"내가 대표로 사과할게."

그때 전수빈 뒷자리에 앉아 있던 아이가 쭈뼛거리며 일어섰다.

"너무 배고파서 그랬어."

전수빈이 그 아이를 힐끔거리다가 덧붙였다.

"민 회장, 다시는 이런 일 없도록 내가 신경 쓸게. 약속해."

내게 다짜고짜 꺼지라고 했던 아이가 못마땅한 표정으로 입을 열려고 하자 전수빈은 아이를 어르는 엄마처럼 녀석의 어깨를 두드렸다.

우리 반으로 돌아왔더니 아이들이 저마다 자기 방식대로 고맙다는 인사를 했다. 지은은 두 손을 공손히 모으더니 "민 회장님, 승전을 감축드리옵니다."라고 말하며 고개를 숙였다. 사극에 나오는 남자 배우처럼 한껏 목소리를 낮춘 게 이상하고 코믹해서 나는 배를 잡고 쿡쿡댔다. 소원은 낭랑한 목소리로 "역시, 이래서 다들 민 회장 민 회장 하는구나."라고 했고 유리는 입을 삐죽거리며 "똑똑한 애들은 참 좋겠어. 맞받아치고 싶은 말이 그렇게 바로바로 떠올라서 말이야."라고 했다.

그때 수업 시작종이 울려서 모두 자리에 앉았다. 휴대폰 전원을 끄려는데 진동이 울렸다.

> 서현아, 잘 지내고 있어?

> 이런 말 하면 네가 또 느끼하다고 하겠지만 그냥 할게.

> 보고 싶어.

> 내일 동아리 모임 때 만나자.

동주의 문자에 정신이 번쩍 들었다. 한여름에 차가운 얼음 물을 급히 들이켜면 머리가 띵하듯 발끝부터 머리까지 알딸딸한 자극이 퍼져 나갔다. 이거 정말 보통 일이 아니구나. 나는 정신을 차리려고 두 손바닥으로 뺨을 세게 두드렸다. 아이들이 그런 나를 힐끗 바라봤다.

수업이 시작됐지만 집중할 수 없었다. 보고 싶다는 동주의 말에 내 머릿속은 동주와 함께 공원을 거닐던 날로 채워졌다. 동주와 나눈 대화가 하나씩 떠올랐다. 그날 동주와 함께 본 풍경들도 생각났다. 미루나무와 나를 하염없이 바라보던 동주의 눈동자와 하늘을 물들인 노을 색깔과 연초록빛 나무들이 차례차례 내 안에서 되살아났다. 그러자 누가 손가락

끝으로 배를 간질이는 것처럼 나도 모르게 웃음이 새어 나
왔다. 나는 과학 시간에 수업을 듣다가도, 음악 시간에 노래
를 부르다가도 자꾸만 배시시 웃었다.

"너 왜 그래? 어디 아파?"

지은이 걱정스러운 눈빛으로 나를 보다가 내가 휴대폰을
곱게 가슴에 품고 있는 모습을 보더니 혀를 끌끌 차 댔다.

"관심 없다며?"

"뭐가?"

"너 남자한테 관심 없다며?"

쉿. 나는 지은의 입을 손으로 막았다. 지휘를 하던 음악 선
생님이 우리 쪽을 째려보았다. 나는 선생님에게 눈웃음을 지
으며 천천히 손을 내렸다.

"미안하다, 친구야."

지은의 귓가에 속삭였다.

"헐, 민서현. 너 지금 미안하다고 한 거야?"

내가 두 눈을 끔벅거리는 동안 지은이 다시 입을 열었다.

"사랑 참 무섭네. 사람을 한 방에 훅 보내 버리고."

지은은 또 혀를 끌끌 차다가 선생님 반주에 맞춰 노래를
했다. 그러더니 무슨 생각이 떠올랐는지 내 곁으로 바짝 다
가왔다.

"근데 누구야?"

호기심과 궁금증을 잔뜩 담은 눈빛으로 지은이 나를 봤다.

"뭐가?"

"내가 아는 사람이야?"

입 안이 타들어 갔다. 손끝이 떨렸다. 지은과 나 사이에는 비밀이 없었고 나는 지은에게 거짓말을 한 적이 없었다. 나는 누구에게도 거짓말을 해 본 적이 없었다. 안경 너머에 있는 지은의 눈동자가 나를 뚫어져라 바라보고 있었다.

"동아리 같이 했던 선배. 넌 모를 거야."

나와 버렸다. 아무렇지 않게 거짓말이 입 밖으로 툭 튀어나왔다.

"나중에 꼭 소개해 주기다."

"응."

지은이 고개를 돌렸고 나는 입술을 지그시 깨물었다. 지은이 입을 크게 벌려 노래하는 동안 나는 몸을 부르르 떨며 내 손을 주물렀다. 여름인데도 손이 얼음장처럼 차가웠다. 선생님이 내 쪽으로 다가오기에 나는 입을 최대한 크게 벌려 합창하는 척했고, 반 아이들은 전부 한여름의 매미처럼 목청껏 노래를 부르짖었다. 걷잡을 수 없는 것이 점점 많아지는 여름이었다.

현수 오빠에게

오빠 편지를 읽고 갑자기 짜장면이 먹고 싶어서 부모님이랑 중국집에 갔어요. 탕수육도 먹고 짜장면도 먹었지만 그저 그랬어요. 언제든 짜장면을 먹을 수 있어서일까요. 오빠가 느낀 숨이 막힐 정도의 황홀한 맛을 느낄 수 없었어요. 당연한 일이라고 생각하면서도 기분이 좀 그랬어요. 제가 여기에서 당연히 느끼는 것을 오빠는 느낄 수 없고, 오빠가 거기에서 당연히 느끼는 것을 나는 느낄 수 없다고 생각하니까 오빠가 굉장히 먼 곳에 있는 것처럼 느껴졌거든요.

오늘은 오빠가 하얀 조리복을 입고 고개 숙여 음식 만드는 모습을 상상해 봤어요. 하얗고 뻣뻣한 조리복을 손으로 쓰다듬으며 오빠는 벅찬 감정을 느낄 거예요. 손톱은 짧고 깨끗해야 할 테고 수염도 기르면 안 되고 술도 마시지 못하겠죠. 그래도 오빠 얼굴은 터질 듯한 열정으로 밝게 빛나겠죠.

꿈이 뭐냐고 물어봤죠? 저는 꿈이 되게 많아요. 그런데 생각해 보니까 그 꿈들을 누구에게도 말한 적이 없더라고요. 친구들이 물으면 그 많은 꿈들 가운데 하나를 툭 꺼내 이야기했고 부모님은 제 꿈에 관심이 없어요.

친구 지은과 저는 아이돌 전문가예요. 지금 활동하는 아이돌 그룹들에 빠삭할 뿐만 아니라 어떤 신인 아이돌 그룹이 나오면 그 그룹이 뜰지 안 뜰지 바로 안다니까요. 그래서 우리는 농담으로 스물여덟 살까지 취직이 안 되면 아이돌 평론가라는 직업을 우리가 만들자고 했어요. 처음에는 농담 삼아 꺼낸 이야기인데, 생각해 보면 앞으로 꽤 필요한 직업 같아요. 영화 평론가나

드라마 평론가도 처음부터 있던 직업은 아니래요. 영화와 드라마 시장이 커지니까 평론하는 사람들이 저절로 필요해졌듯이 아이돌 평론가도 필요성이 커지지 않을까요.

저는 책을 좋아해요. 사람들에게 책 추천하는 것도 좋아하는데 이게 쉬운 일이 아니더라고요. 책을 추천하려면 그 사람을 잘 알아야 하니까요. 그 사람이 어떤 걸 좋아하고 싫어하는지, 어떤 것에 관심이 있고 없는지, 어떤 성장 과정을 거쳐서 지금 어떤 모습으로 살고 있는지 전부 알아야 정말 딱 맞는 책을 추천해 줄 수 있더라고요. 그래서 그 사람이 살아온 이야기를 듣고 그 사람의 현재를 파악해 딱 맞는 책을 추천해 주는 맞춤 독서 상담가라는 일도 해 보고 싶어요. 오빠한테『180일의 셸불리』를 추천해 준 것처럼 말이에요.

이건 외할머니가 돌아가시고 나서 생각한 건데요. 외할머니가 음식 솜씨가 정말 좋으셨거든요. 할머니는 손수 음식을 만들어 상다리가 부러지게 차리는 걸 좋아하셨어요. 나물무침은 기본이고 깊은 맛이 나는 된장찌개, 고소한 잡채, 아무리 먹어도 질리지 않는 갈비찜, 상큼한 더덕무침, 감칠맛 나는 무말랭이김치, 얼큰한 육개장까지. 저는 보통 밥 한 공기를 다 먹지 못하는데, 할머니 집에만 가면 한 공기를 뚝딱 비우곤 했어요. 할머니가 돌아가시고 나니 할머니 음식들도 함께 사라졌어요. 그냥 음식 몇 가지가 사라진 게 아니라 할머니의 삶 전체가 사라진 것처럼 느껴져요. 지로 씨가 스시 만드는 비결을 큰아들에게 빠짐없이 물려준 것처럼 우리도 장인들의 삶을, 노인들의 지혜를 전부 기록해 두면 어떨까요. 그래서 노인들의 삶을 채록하고 잘 보관해 후손에게 물려주는 일을 생각해 봤어요.

예전에 방송가에서 총파업을 했었죠. 언론의 투명성에 대한 신뢰가 그 어느 때보다 흔들렸고요. 권력에 타협하지 않고 옳은 말을 하는 명예 기자. 그 어떤 협박에도 진실을 보도하는 사명감 넘치는 대기자. 제가 가장 하고 싶은 일 중 하나이지만 가끔 의심이 들기도 해요. 내가 과연 협박에도 흔들리지 않을 만큼 강인한 사람일까? 언론인으로서의 사명감만으로 권력과 정면으로 맞설 수 있을 만큼 단단한 사람일까?

마지막 꿈은 이제까지 존재한 적 없는 새로운 스타일의 잡지를 창간하는 거예요. 대중적이면서도 정치적이고, 소소한 일상을 다루면서도 사회의 큰 흐름을 놓치지 않고 담아내는 잡지를 만들고 싶어요. 패션, 음식, 영화 같은 분야는 그대로 다루면서 정치, 사회 영역을 맛깔나게 다루는 거죠. 그래서 사람들이 좋아하는 포장을 벗기면 그 안에 진짜 실하고 맛있는 팥고물이 들어 있는 그런 잡지를 만드는 편집장이 되고 싶어요.

이야기가 너무 길었죠? 지루했을 텐데 끝까지 읽어 줘서 고마워요. 오빠한테 이렇게 제 꿈을 이야기하고 나니 뭐랄까, 후련해요. 그동안 어렴풋이 품어 온 꿈들이 더 구체적으로 다가오는 기분이에요.

할머니가 보고 싶지만 할머니 생각을 자꾸 하는 게 괴로워서 가끔 도망치고 싶다고 했죠. 그런 생각을 하는 게 할머니께 미안하다고 했죠. 오빠, 오빠를 이해하고 싶고 오빠 마음을 잘 이해한다고 말하고 싶어요. 그렇지만 오빠가 먹은 짜장면과 내가 먹은 짜장면의 맛이 다르듯 아무리 노력해도 오빠를 완전히 이해할 수 없을지도 몰라요. 사람과 사람 사이의 온전한 이해라는 건 대체 어떤 걸까요? 언젠가는 그런 이해를 한 번쯤은 경험할 수 있을까요?

어쨌든 지금 제가 알 수 있는 건 이거예요. 서로를 이해하고자 노력하는 그 몸부림이 때로는 더 의미 있는 게 아닐까. 오빠와 편지를 주고받으면서 저는 많은 걸 배우고 있어요. 그동안 세상을 다 아는 척 행동했는데, 실은 얼마나 내가 보고 싶어 한 것들만 봤는지 깨닫고 있어요. 오빠 편지를 기다리는 시간도 즐겁고 오빠 편지를 읽는 시간도 좋아요.

오빠한테도 제 편지가 작은 기쁨이면 좋겠어요.

민서현 드림

지금쯤 중간고사 기간인가? 아니면 기말고사 기간인가? 학교, 시험, 친구들, 교복, 급식 같은 단어들이 머릿속에서 빠르게 스쳐 지나간다. 내가 다시 꿈꾸면 안 되는 것들이고 절대 다시 찾을 수 없는 것들. 그래서 의도적으로 지워 버리려고 노력한 단어들.

하긴 여기도 학교와 비슷한 점이 많아. 우리를 지도해 주는 선생님도 있고 급식도 있으니까. 여기서 주는 급식은 한 끼에 1600원이래. 방장이 알려 줬어. 방장 녀석은 모르는 게 없어. 똑똑하고 빠릿빠릿한 놈인데 왜 이런 곳에 들어왔는지 모르겠어. 자기 말로는 차를 몇 대 훔쳤대. 거짓말일 거야. 차 한 번 훔친 걸로는 이곳에 오지 않거든.

오늘 점심은 밥, 김치, 당면 위주의 잡채, 콩나물무침, 고추장국이었어. 반찬이 좀 부실해. 고기는 거의 나오지 않고. 그래도 모두 불평하지 않고 먹어. 학교 급식과 다른 점이 있다면 여기에는

플라스틱 수저만 있고 보리밥이 나온다는 것. 쌀밥이 나오는 날은 석가
탄신일이나 광복절, 크리스마스 정도야. 쌀밥은 귀한 특식이야. 다들
고기반찬 실컷 먹어 보는 게 소원이지. 그래도 영치금이 있는 사람들은
마가린, 간장, 훈제 닭, 참치, 김 같은 것을 살 수 있어. 나는 돈이
없지만 방 식구들이 물건을 많이 사서 나눠 줘. 다들 밖에서는 어땠을지
몰라도 여기서는 착해.

　나는 요새 조셉한테 꽂혀 있어. 조셉은 엘불리에서 실습생으로 일한
경험으로 파트장까지 된 사람이야. 내가 조셉에게 꽂힌 이유는 그가
한국인이기 때문이야. 조셉 리. 조셉은 군대에서 취사병으로 일하면서
처음으로 요리를 했는데, 그때 자기가 요리에 재능이 있다는 걸 알게
됐대. 제대 후 한국 식당에서 일하며 후각을 인정받았지만 조셉은 더
큰 곳에서 제대로 요리를 배우고 싶어 모든 걸 버리고 엘불리에 간 거지.
도전 정신이 대단한 사람 같아.

　언젠가는 나도 페란 아드리아처럼 독창적인 요리사가 될 수 있을까?
조셉처럼 줄기차게 도전하는 사람이 될 수 있을까?

6월 20일

신은 디테일에 있다

운동장 벤치에 앉아 오빠의 편지를 읽었다. 편지를 다 읽고는 운동장을 바라봤다. 점심시간을 틈타 남학생들이 축구를 하고 있었다. 공을 중심에 두고 우르르 몰려다니는 아이들의 몸짓에서 자유의 냄새가 물씬 풍겼다. 뜨거운 여름 햇살도 아랑곳하지 않는, 아무것도 두려워하지 않는 아이들의 땀과 눈빛을 바라보자 오빠가 더 멀게, 그러면서도 가깝게 느껴졌다.

"이현수?"

어느 결에 왔는지 지은이 내 옆자리에 앉아 봉투에 적힌 이름을 빤히 들여다봤다. 내가 슬쩍 봉투를 감싸 쥐자 지은이 눈을 동그랗게 떴다.

"아, 소년교도소? 아직도 연락해?"

내가 우물쭈물 "어? 어."라고 대답하자 지은은 다리를 꼬며 입술을 오므렸다. 나는 오빠 편지를 반으로 곱게 접어 주머니에 넣었다.

"그 사람을 동정해?"

"그렇지 않아."

나는 고개를 저었다.

"그런데 왜 계속 편지를 주고받아? 소논문은 자료 조사만 하기로 했는데?"

지은의 목소리가 단단하게 가라앉았다.

"처음에는 왜 범죄자가 됐는지 사연을 알고 싶어서 편지를 했잖아. 그런데 편지를 주고받다 보니 좋았어. 오빠를 더 알고 싶어졌고, 내가 어떤 사람인지 알리고 싶어졌어. 지금은 내가 오빠한테 배우는 게 더 많아."

지은이 물끄러미 나를 바라봤다.

"그 오빠가 널 좋아하게 되면?"

"그럴 리 없어."

"그 사람한테 편지하는 여자애가 너밖에 없다면? 거기는 외롭고 힘든 곳이잖아. 널 좋아하게 될 수도 있어."

나는 잠시 머뭇거릴 수밖에 없었다. 지은은 시선을 돌려 운동장에서 뛰노는 아이들을 눈으로 좇았다.

"그땐 그만해야지."

강렬하게 내리쬐는 햇살에 손바닥을 내밀었다. 햇살을 받고 뜨거워진 손으로 주먹을 쥐었다.

"근데 왜 내가 오빠를 동정한다고 생각했어?"

나는 지은의 옆얼굴을 빤히 바라보며 지나치듯 물었다.

"사람들은 쉽게 남을 동정하니까. 나도 동정받아 본 적 있으니까."

대체 지은은 언제, 누구한테 동정을 받아 본 걸까. 오늘따라 지은의 옆얼굴이 무척 낯설어 보였다.

"그거 진짜 기분 나쁘거든. 친구라는 이름표 붙이고 속으로 동정하는 거."

"아니, 도대체 누가 천하의 윤지은을 동정했대?"

지은이 고개를 내 쪽으로 꼬며 말했다.

"나, 뚱뚱하잖아."

나를 지그시 바라보는 지은의 눈에 흔들리는 내 눈동자가 보였을까. 당황하지 말고 잽싸게, "무슨 소리야. 너 안 뚱뚱해. 지금 딱 좋아."라고 말했어야 하는데.

"애들 참 웃겨. 뚱뚱한 여자애는 물건처럼 신나게 까 대거든. 아니면 불쌍하다는 눈빛으로 아래부터 위까지 훑어보거나."

남자아이들이 터덜터덜 걸어가 수돗가에서 물을 마셨다. 어떤 아이는 머리에 찬물을 마구 끼얹었다.

"전혀 몰랐어."

사람들 눈길에 네가 그렇게 아파하는지 몰랐어. 나 또한 지은이 너 말고 다른 사람을 그렇게 바라본 적이 있을지도 모른다고 생각하니 마음이 아려.

"내가 말한 적 없으니까."

지은이 아무렇지 않은 듯한 목소리로 말했다. 지은과 나 사이에 생긴 작은 틈새로 뜨거운 한낮의 햇볕이 내리쬐고 있었다. 나는 지은에게 손을 내밀었다.

"누구든 너 상처 주는 사람 있으면 내 앞에 데리고 와. 귀싸대기 날려 주게."

내 말에 지은이 씨익 웃으며 그제야 내 손 위에 자기 손을 올렸다.

"나도 잘 알아."

지은이 작게 미소 지으며 말을 이어 갔다.

"서현이 넌 나를 있는 그대로 바라봐 준다는 거."

나는 지은의 손을 있는 힘껏 꽉 잡아 줬다. 수업 시작을 알리는 종이 울렸다. 지은과 나는 눈을 동그랗게 뜨고는 부리나케 교실로 달려갔다.

현수 오빠에게

오늘은 와사비 이야기를 하려고 해요. 뜬금없이 무슨 소리인가 싶죠? 지로 할아버지 이야기예요. 할아버지 말로는 스시 식당의 수준을 결정하는 게 바로 와사비래요. 초록색 분말을 물에 섞어 내는 식당도 있고 날것을 갈아서 포장 판매 하는 것을 사용하는 식당도 있는데, 최고는 와사비를 뿌리째로 강판과 함께 내주는 곳이래요.

스시를 먹을 때 와사비가 많이 들어간 곳은 코가 찡해지면서 금세 눈물이 고일 정도로 맵고 와사비가 적게 들어간 곳은 좀 아쉽죠. 와사비가 적당히 들어가도록 조율하는 것. 그것 역시 스시 셰프가 하는 중요한 일 중 하나일 거예요.

스시 식당의 수준을 결정하는 또 다른 중요한 요소는 밥의 형태죠. 손에 쥐어지는 밥 모양 그대로 밥알 사이의 공기층이 보이는 게 만점. 손님의 입으로 들어갈 때까지 공기층을 유지해야 최고의 스시라네요.

결국 최고의 스시를 결정하는 건 의외로 작고 사소한 것에 달린 것 같아요. 그래서 이런 유명한 문장이 나왔나 봐요.

"신은 디테일에 있다."

나중에 오빠가 처음 스시를 맛볼 때 최고의 식당에서 먹었으면 좋겠어요. 어떤 음식을 처음 먹을 때 첫인상이라는 게 진짜 중요하거든요. 최고의 스시를 맛본다면 분명 오빠도 저처럼 스시를 사랑하게 되리라고 믿어요.

한국 청년 조섭이 파트장까지 되었다는 거죠? 대박. 끈기와 열정이 대단한 사람 같아요. 조섭 이야기 더 들려줄 수 있어요? 더 듣고 싶어요.

민서현 드림

우리는 교복 대신 푸른 수의를 입고 있고, 이 수의를 벗을 날만을 기다리며 살아가고 있지만, 때로는 두렵기도 해. 이곳이 아닌 바깥에서 잘 살 수 있을까?

방장 녀석은 3년 전 자동차 정비반 수업을 들을 때 그런 생각을 했대.

"자동차는 고장 나면 고칠 수 있잖아. 나도 내 인생을 고쳐 보고 싶어. 고치면 다시 쌩쌩 달리는 이 자동차처럼 나도 다시 세상에서 달려 보고 싶어."

그 말에 다들 울컥했어. 모두 고개를 숙인 채 침묵을 지켰지. 아무도 말은 하지 않았지만 모두 같은 마음이었을 거야. 방장 녀석의 말에 공감했던 거지. 새 자동차는 아니지만, 낡고 흠 많은 자동차로 세상에 나가겠지만, 그래도 다시 달려 보고 싶어. 고장 난 곳은 여기에서 전부 고치고 싶어. 그럴 수 있을까? 나처럼 모자라고 무식한 놈에게도 그만한 힘과 지혜가 있을까?

아직도 책을 읽고 있어. 책을 꼼꼼히 읽어서 그런지 속도가 안 붙네. 엘불리는 진짜 신기한 곳이야. 도전과 실험 정신으로 가득 차 있어.

에스탕케는 꼭 먹어 보고 싶은 요리야. 숟가락으로 표면을 깨고 얇은 얼음 조각을 혓바닥에 올리면 민트 향이 입 안에 좍 퍼진대. 그러면 입김이 차가워지고 설탕 결정들이 이에 딱딱 부딪히는 거야. 엽기적인 것도 있어. 토끼 '주스'에 담긴 토끼 뇌 요리. 여기에선 토끼 뇌를 다양하게 이용해. 볶고 삶고 튀기고. 소 힘줄, 염소 콩팥, 새끼 토끼 혀 요리, 부리까지 함께 선보이는 멧도요새 머리 요리, 닭의 등 쪽에서 빼낸

연골 튀김 요리까지 있어.

페란이 운영하는 엘불리는 하루에 단 50명의 손님을 받기 위해 요리사 45명이 움직여. 예약 손님이 1년 단위로 꽉 차 있는데도 페란은 1년에 반만 영업하는 것을 고집해. 새로운 요리를 개발하는 일이 무엇보다 중요하다는 거지. 심지어 이익을 얻는 것보다도. 페란이 얼마나 그릇이 큰 사람인지 느껴져? 물론 식당이 쉬는 6개월 동안 수석 주방장들은 쉬지 못해. 수없이 많은 실험을 거듭하며 세상에 존재한 적이 없는 새로운 요리를 찾아내야 하니까.

실습생들은 모두 페란을 존경해. 페란과 마주치기만 해도 소름이 돋고 얼굴이 딱딱하게 굳을 정도로 말이지. 한 실습생이 간신히 용기를 내 질문했어.

"요리사에게 가장 중요한 건 무엇입니까?"

페란이 뭐라고 대답했는지 짐작이 가니? 이 문장을 필사하는 이 순간에도 발끝부터 전율이 올라온다.

"모방하지 않는 것이죠."

되돌아보면 나는 그동안 늘 남을 모방해 살아왔던 것 같아. 한 번도 나답게 살지 못했어. 나다운 모습이 어떤 건지 관심조차 없었지. 만약 내가 단단히 중심을 잡고 살았다면 이렇게 끔찍한 범죄를 저지르지 않을 수 있었을까?

신은 디테일에 있다는 말, 멋지다. 그런데 덜컥 이런 생각이 들었어. 내가 범죄자의 길로 들어선 이유 역시 정말 작고 사소한 것 때문이 아니었을까. 크고 거창한 것이 아니라 사소한 것 몇 가지가 틀어져서 이곳에 와 있는 건 아닐까. 그런 생각을 하다가 고개를 세차게 저었어. 어떤 것도 탓하지 말자고 다시 다짐을 했어.

내 상상 속에서 나는 엘불리 실습생이야. 조셉 밑에 있지. 조셉은 오늘도 뚱한 표정으로 나를 노려보고 있어. 조셉의 입에서 불만이 쏟아져 나와.

"현수, 손이 너무 굼떠. 더 빠르고 정확하게! 손끝은 예민하게! 오케이?"

군소리 없이 조셉의 명령에 따라 진공 포장된 식용 수련을 꺼내. 후각이 예민한 조셉은 역시나 수련 향기를 그대로 살리고 싶어 해. 일단 꽃을 살짝 데친 후 접시 위에 펼쳐. 꽃의 결을 따라 동결 건조한 시소 가루로 작은 선을 만들고 꽃 중앙부에 헤이즐넛 오일을 뿌려. 은은하게 퍼지는 헤이즐넛 향을 맡자 잠깐이지만 조셉의 얼굴에 미소가 번져.

조셉은 천재적이야. 모든 음식에 후각을 살려 넣고자 하고, 의지가 대단하고, 그 의지를 가능하게 하는 방법을 기어이 찾아내고야 말거든. 문득 궁금했어. 우리가 천재라고 부르는 사람들은 타고나는 걸까, 아니면 의지와 노력으로 성취해 내는 걸까.

밥을 먹다가도, 화장실에 가서도, 계속 상상하고 있어. 하루는 방장 녀석이 내 팔을 툭 치면서 묻더라고. 요즘 무슨 생각을 그렇게 골똘히 하느냐고. 무슨 고민 있느냐고. 괜찮다고 했더니 고민 있으면 자기하고 의논하래. 그렇게 말해 주니 고맙더라.

참 신기하지. 끈질기게 상상하면 상상이 정말 현실처럼 느껴져. 현실에서 나는 여러 명의 사람들과 이 좁은 방 안에 갇혀 있지.

얇은 모포 위에 누워 쉽게 잠들지 못해 밤마다 뒤척이고 짜장면 한 그릇 마음대로 먹을 수 없는 신세야. 하지만 상상 속에서 나는 조셉과 함께 일하는 실습생이야. 하얀 조리복을 입고 허리를 굽힌 채 하루 종일 재료를 다듬고 자르고 누르고 볶고 튀겨. 지칠 만도 하지만 나는 정신없이 요리에 몰두해. 똑같은 과정이 계속 반복되지만 더 완벽해지려고 노력해. 가끔은 조셉에게 아이디어를 제안하기도 한다니까. 그러면 조셉이 씩 웃으며 비웃지만, 그래도 나는 주눅 들지 않아. 처음부터 잘하는 사람은 없으니까.

이 상상 놀이를 시작한 뒤로 시간이 정말 빨리 흘러. 여기에서 가장 힘겨운 일이 더디게 흘러가는 시간을 견디는 거거든. 시간이 빨리 흐르는 게 어떤 의미인지 이곳에 들어온 적 없는 사람들은 잘 모를 거야. 엘불리를 알게 되고 조셉을 만난 덕분에 요즘 나는 천국에 잠깐 들어온 기분이야.

6월 26일

나다운 중심을 찾을 수 있을까요?

오빠가 물었다.

'만약 내가 단단히 중심을 잡고 살았다면 이렇게 끔찍한 범죄를 저지르지 않을 수 있었을까?'

나는 어떤 말로 대답해야 할지 알 수 없었다. 어쩌면 나이를 열 살 더 먹어도 이 질문에 현명한 대답을 못 찾을지 모른다.

오늘은 소논문 동아리 모임이 있는 날이다. 동주를 만나야 한다는 사실에 아침부터 마음이 어수선했다. 2학년 교실의 뒷문을 열었다. 교탁 바로 앞자리에 앉은 동주의 뒷모습이 보였다. 분명 동주는 멀리 있는데 내 눈에는 동주의 뒷모습만 유독 크게 보였다.

천천히 동주 곁으로 걸어갔다. 최대한 조용히 걸어가 자연스럽게 앉고 싶었는데 드르륵, 의자 끄는 소리가 유난히 크게 울려 퍼졌다.

"왔어?"

동주가 나를 올려다보며 인사를 건넸다. 나는 가볍게 고개를 끄덕이며 자리에 앉았다. 침착하게 가방을 열고 필통을 꺼내려는데 필통이 바닥에 툭 떨어졌다. 동주와 내 눈이 빠르게 겹쳤다.

"내가 주, 주울게."

나는 잽싸게 말하며 바닥으로 손을 뻗었다. 수그렸던 허리를 펴고 헛기침을 하는데 동주가 내 얼굴을 힐끔거렸다. 나는 고개를 숙이고 준비해 온 자료를 읽는 척했다.

지은이 조금 늦게 합류하자마자 우리는 토론을 시작했다. 오늘은 요약본 개요를 대강이라도 짜야 해서 의논할 게 많았다.

"범죄가 유전된다고 주장하는 사람들을 조사해 봤어."

동주는 내 말에 귀 기울였고 지은은 느긋한 자세로 펜을 돌리며 동주의 얼굴을 힐끗 바라봤다.

"1874년 미국의 사회학자 덕데일의 연구가 대표적이야. 덕데일은 한 구치소에 성이 같은 재소자들이 몰려 있다는 것을 알고 조사한 결과, 이들이 전부 18세기의 유명한 범죄자 애더 주크의 후손이라는 사실을 알게 되었어. 주크의 후손 709명 중 당시 범죄자로 구분되었던 걸인이 280명, 절도범이 60명, 살인범이 7명, 잡범이 140명으로 거의 70퍼센트가 범죄자로 밝혀진 거야."

조사해 온 자료들을 정리해서 발표하느라 시간이 금세 흘렀다. 이왕 시작했으니 나는 소논문 대회에서 상을 받고 싶었다. 수학 점수를 올리는 게 불가능하다면 국어, 영어 관련 상이라도 최대한 많이 받아 둬야 한다. 2학기에는 전국 논술 대회에, 2학년 때는 영어 말하기 대회에도 나갈 계획이다.

"반론은?"

동주가 나를 바라보며 물었다.

"주크 일가에 대한 연구는 그들이 겪은 교육의 부재, 생활 수준, 양육 방법 등 환경적인 요인을 전혀 고려하지 않았어. 또한 범죄자에 대한 기준이 모호한 상태에서 범죄를 저지르지 않은 사람들까지 범죄자로 보기도 했어."

말을 마치고 내가 지은을 바라보자 지은도 조사해 온 자료를 우리에게 내밀었다.

"1993년 네덜란드에서 발견된 집안 이야기인데, 이 집안 남자들은 방화부터 강간 미수까지 다양한 범죄에 관련되어 있었대. 학자들은 이들에게서 모노아미노옥시다아제라는 효소를 코딩하는 유전자에 이상이 있다는 사실을 발견했어."

"아, MAO-A 유전자?"

내 말에 지은이 고개를 끄덕이고 말을 이어 나갔다.

"이 유전자가 결핍되면 세로토닌과 카테콜아민의 대사에

결함을 일으켜 행동 장애를 유발하게 돼. 이때 공격적이고 폭력적인 행동, 방화, 강간, 노출증 같은 행동 장애나 중등도의 지적 장애를 보일 수 있는 거야. 하지만 반론도 만만치 않아. MAO-A 유전자 연구에서 반사회성 인격 장애를 드러낸 사람들은 어릴 때 부모의 가혹한 양육이나 방치를 겪은 집단이었거든."

동주가 지은과 나를 번갈아 바라보았다.

"일단 지금까지 조사한 결과를 바탕으로 내가 본론1의 개요를 짤게. 다음 주에는 한 사람을 범죄자로 만드는 사회 환경과 사회적 요인을 조사해 보고 전체 개요를 짜 보자."

나는 다음 주까지 해야 할 일을 적고 고개를 들었다.

"이번 주말까지 본론1 요약본 채워서 메일로 보내 줄게."

동주가 야무지게 마무리 멘트를 던졌다. 가방을 메고 지은과 함께 교실을 나섰다. 지은은 한숨을 푹푹 내쉬며 학교 앞에서 기다리고 있던 학원 버스에 올라탔다.

나는 버스 정류장으로 걸어가는 길에 편의점에 들러 생수한 병을 샀다. 편의점 문을 밀고 밖으로 나오니 동주가 서 있었다. 나는 동주 곁으로 다가갔고, 동주와 나는 말없이 걷기 시작했다.

도서관 벤치는 우리를 기다리기라도 한 듯 비어 있었다. 더 푸르러진 미루나무 아래에 동주와 나란히 앉았다. 나는 미루나무를 한 번 올려다보고는 물을 한 모금 마셨다. 학원

수업이 조금 늦춰진 덕에 여유로웠다. 완벽한 여름날이었다. 우중충한 내 마음만 빼고.

"나도 한 모금 마셔도 돼?"

나는 아무 대꾸 없이 동주에게 생수병을 내밀었다. 동주가 고개를 뒤로 젖히고 물을 마셨다. 물을 넘기느라 동주의 목울대가 조용히 움직였다. 저 목울대를 만지면 어떤 느낌일까. 여름의 오후 햇살 때문에 머리가 금세 뜨거워졌다.

"방학 때 우리 영화 보러 갈까?"

동주가 물었다.

그 질문에 담긴 속뜻을 알아차리고 나는 동주의 갸름한 얼굴을 멀거니 바라봤다. 속이 울렁거릴 정도로 동주의 머리카락이 바람에 부드럽게 일렁이고 있었다.

"안 돼."

"응?"

"더는 안 돼. 더 다가오지 마."

얼마나 더 밀어 내야 동주가 나를 흔들지 않을까. 나는 동주에게 흔들리기 시작하는 스스로가 한심했다.

"지은이 때문에 그래?"

그러고 싶지 않았지만 동주의 물음에 다시 마음이 흔들렸다. 동주에게 들키고 싶지 않아서 나는 고개를 돌려 미루나무 꼭대기를 올려다봤다.

"내가 진짜 싫은 거면 더는 다가가지 않을게. 그치만 그게 아니라 다른 이유로 나를 밀어 내는 거면 나한테 한 번만 기회를 줘."

"무슨 기회?"

"너랑 친해질 수 있는 기회."

태풍을 닮은 저돌적이고 풋풋한 동주의 고백이 나를 두드렸다.

"너에게 다가갈 수 있는 기회. 너를 더 알 수 있는 기회."

동주가 조곤조곤 덧붙였다. 둑이 무너지듯 허술했던 벽이 와르르 무너져 내릴 것만 같았다. 지은의 마음을 좀 무시해도, 아이들이 좀 숙덕거려도, 동주를 좋아하는 아이들이 나를 죽일 듯한 눈빛으로 쏘아봐도 동주에게 기회를 주고 싶었다. 견딜 가치가 없다고 생각한 것들을 견뎌 보고 싶어졌다. 나 또한 동주와 친해지고 싶으니까. 더 긴 이야기를 나누고 싶으니까.

강동주가 뭔데 사람을 이렇게 바꾸는가. 사랑 참 무섭다고 한 지은의 말이 사실인지도 모른다. 사랑은 달콤하고 멋지고 끝내주는 게 아니라 아프고 살벌하고 무서운 것인지도 모른다. 비겁하게도 난 화제를 바꾸기로 했다.

"넌 꿈이 뭐야?"

나는 고개를 외로 돌려 동주를 쳐다봤다.

"꿈? 난 없어."

"꿈이 없어?"

"응."

"왜?"

"왜냐고?"

꿈이 대체 뭐죠? 이러는 듯한 순진무구한 표정으로 동주는 팔짱을 꼈다. 정말 꿈이라는 단어를 처음 듣는 얼굴처럼 보였다.

"나한테는 지금 이 순간이 가장 중요하거든. 그런데 꿈은 현재가 아니라 미래의 일로 느껴져. 그래서 관심이 안 가."

나는 얼빠진 얼굴로 동주를 향해 몸을 틀었다.

"그러니까, 되고 싶거나 하고 싶은 게 하나도 없어? 앞으로?"

"그런 게 꼭 있어야 해?"

지금 이대로도 자신은 너무 완벽하니까 꿈이 필요 없다는 뜻인가? 아니면 지금 충분히 행복하니까 꿈 따위는 필요 없다는 뜻인가?

"꿈이라는 단어가 정확히 가리키는 게 뭔데?"

동주가 팔짱을 풀며 물었다.

"죽기 전에 하고 싶은 일, 갖고 싶은 직업, 이런 거 아닐까?"

"서현이 넌 꿈이 뭔데?"

"나? 난 꿈이 좀 많아서."

동주는 어떤 이야기든 다 들어 줄 수 있다는 여유로운 표정이었다. 나는 어떤 꿈부터 이야기해야 하나 고민하며 애꿎은 생수병만 만지작거렸다.

"잠깐만. 꿈도 없고 하고 싶은 것도 없으면서 왜 넌 열심히 사는 거야?"

갑작스러운 내 질문에 동주는 곰곰이 생각을 하는 듯했다.

"나한텐 오늘이 가장 중요하고 전부니까 최선을 다해 살고 싶은 거지."

멋진 말이었다. 동주가 다시 입을 열었다.

"미래를 바꾸는 것도 좋지만 난 어떤 미래가 오든 잘 받아들일 수 있는 사람이면 좋겠어. 인생의 흐름을 거스르지 않고 잘 헤엄치는 사람."

놀랐다. 동주의 도 닦은 사람 같은 말투 때문도 아니고 묵직하게 가라앉았다가 부드럽게 퍼지는 목소리 때문도 아니었다. 동주의 말은 내가 그동안 수집한 문장들과 놀랍도록 닮아 있었다. 어떻게 그럴 수가 있지? 동주는 책도 별로 안 읽는다고 했는데?

"멋지다. 그 말."

칭찬을 듣고 동주의 귀가 금세 빨개졌다. 그러고는 멋쩍게 웃었다.

"책 별로 안 읽는다며?"

"잘 안 읽어. 교과서만 파는 한심한 범생이지."

동주가 씩 웃었다. 나는 동주가 오늘 내게 들려준 말이 너무 마음에 들었다. 불쑥 학원을 확 빠지고 동주의 손을 잡은 채 이 지구 끝까지 걷고 싶은 심정이었다. 둘이 나란히 걸으며 밤새 수다를 떨고 싶었다. 간절하게 그랬다.

"일어날까?"

나는 그제야 휴대폰으로 시각을 확인했다. 지금 출발해도 시간이 빠듯했다.

"여기에선 지하철 타고 가는 게 빠르지?"

동주의 물음에 나는 고개를 크게 끄덕였다. 동주와 나는 아무 말 없이 지하철역까지 걸었다.

동주야. 네가 정말 좋은 아이라는 거 알겠어. 그런데 내가 너한테 상처를 줄까 봐 겁이 나. 아니, 내가 너한테 상처를 받을까 봐 정말 겁이 나. 너를 보지 못하면 아무것도 손에 잡히지 않을까 봐, 숨이 꽉 막혀 버리는 날이 올까 봐, 너무 무서워. 그래서 자꾸 도망치고 싶어져. 어디로든 무작정 달려가 숨어 버리고 싶어.

현수 오빠에게

엘불리 이야기는 들을수록 놀라워요. 그리고 한 가지 문장이 자꾸 떠올라요.

"도전 정신이 전부다."

실은 학교에서도 집에서도 도전 정신을 가르치진 않거든요. 어른들은 늘 안정된 길로 가야 한다고 말하죠. 공부를 잘해야 한다. 좋은 대학에 가야 한다. 남들이 부러워할 만한, 연봉이 높은 곳에 취직해야 한다. 그 말들이 다 틀렸다고 생각하진 않지만, 뭐랄까요. 너무 밋밋하고 심심한 것 같아요.

정말 그게 다일까요? 연봉이 삶의 행복을 결정하는 열쇠일까요? 좋은 대학을 나와 돈을 많이 벌면 진짜 행복하기만 할까요?

오빠, 저는 오빠가 그곳에서 고장 난 삶의 부분을 수리할 수 있으리라고 믿어요. 오빠에게 그만한 힘과 지혜가 있다고, 아니 그것보다 더 큰 힘과 지혜가 있다고 말해 주고 싶어요. 바퀴가 좀 헐고 전조등이 깨지면 어때요? 달릴 수만 있으면 되죠.

고장 난 것들을 모조리 고치고 싶어 하는 오빠 마음도 충분히 이해해요. 하지만 좀 덜 고치더라도 괜찮다는 말을 해 주고 싶어요. 때로는 흠이 하나도 없는 사람보다 흠이 많은 사람이 더 훌륭한 일을 해내기도 하잖아요. 역사나 소설을 보면 그런 사람들이 많더라고요.

오빠가 물었죠.

"우리가 천재라고 부르는 사람들은 타고나는 걸까, 아니면 의지와 노력으로 성취해 내는 걸까."

쉬운 질문이 아니지만 제가 어떤 대답을 할지 오빠는 이미 알고 있죠? 처음부터 타고난 게 많은 천재들도 있어요. 그들은 우리에게 뛰어난 결과물을 남겨 주었죠. 그런데 동시에, 평범하지만 대단한 열정과 의지로 위대한 결과를 남긴 사람 또한 많죠. 우리에게 영감을 주는 천재는 대단한 의지와 노력을 보여 준 사람들이 아닐까요?

그리고 오빠가 또 물었어요.

"만약 내가 단단히 중심을 잡고 살았다면 이렇게 끔찍한 범죄를 저지르지 않을 수 있었을까?"

오빠. 많이 고민했지만 이 물음에는 어떤 대답을 해야 좋을지 모르겠어요. 하지만 이 말을 꼭 해 주고 싶어요. 겨우 열 몇 살이라는 나이에 단단히 중심을 잡은 사람이 과연 몇이나 될까요? 저 또한 이렇게 편지에서는 잘난 척을 하지만 아직 모르는 게 많고 매 순간 휘청거려요. 남의 시선이 중요하지 않다고 생각하면서도 순간순간 흔들리고, 남의 판단보다 내 판단이 더 중요하다는 걸 알면서도 나를 믿어 주지 못해요. 내가 원하는 것을 하고 싶지만 나만 바라보고 있는 부모님이 신경 쓰이는 것도 사실이고요.

언제쯤 남의 기준에 흔들리지 않고 나다운 중심을 찾을 수 있을까요? 언제쯤 내가 찾은 중심을 확고히 믿어 줄 수 있을까요? 그게 어렵다면 우리 그냥 서로를 믿어 주면 어떨까요?

민서현 드림

편지 잘 받았어. 나 또한 너와 편지를 주고받으면서 많은 걸 배운다.

오늘은 좀 어두운 이야기를 해야 할 것 같아. 작년에 같은 방을 썼던 아이 하나가 독방에 갔거든. 독방은 징벌 거실이라고 불리는데 잘못을 하면 가는 곳이야. 독방에 갇히면 운동도, 접견도 제한돼. 짧게는 10일, 길게는 45일 동안 갇히지. 누가 독방에 가면 금세 소문이 쫙 퍼져. 한번 독방에 다녀온 애는 다들 멀리하고.

이곳에서는 같은 직업 교육을 받는 사람들끼리 한방을 쓰기 때문에, 그 애와 나는 작년에 자동차 정비를 배우면서 같은 방을 썼어. 올해부터 나는 제빵 수업을 듣고 그 애는 정보전산반에 배정됐어.

그 애는 눈빛이 어두웠어. 그 눈빛을 어떻게 표현해야 좋을까. 한 번도 따뜻한 사랑을 받아 본 적 없는, 외로움조차 느끼지 못할 만큼 둔감해진 그런 눈빛. 예상대로 그 애는 여기에 오기 전 작은 키와 내성적인 성격 때문에 학교에서 왕따를 당했고 결석을 밥 먹듯이 했대.

"난 게임만 했어. 게임 속 내 캐릭터는 강하고 힘이 셌거든."

어느 날 그 애는 무작정 집을 나와 버스를 탔어. 아무 곳에나 내려 피시방에서 게임을 여덟 시간 넘게 한 뒤 거리를 헤맸지. 그 순간 그 애와 우연히 눈이 마주친 여학생이 있었어. 그 애는 발길을 돌려 여학생을 쫓아갔어.

"모르겠어. 내가 왜 그 여자애를 쫓아갔는지. 신만이 아시겠지."

여학생이 아파트로 들어가자 그 애는 밖에서 여학생 집을 물끄러미 올려다봤어. 창밖으로 따뜻한 불빛이 새어 나왔어. 다정한 부모, 따뜻한 집, 비싸 보이는 아파트. 그 애가 꿈꾸던 모든 것이 그곳에 담겨 있었어.

그 애는 아버지 얼굴을 본 적이 없고 엄마를 증오했어. 엄마가 자신을 루저로 만들었다고 말했지. 엄마는 늘 자기를 경멸하는 눈빛으로 바라봤대. 그 애 엄마는 "넌 저주받았어. 그러니까 교회에 가야 해."라고 말했지만 자기는 교회에 가는 게 죽기보다 더 싫었대.

그 애는 그 아파트 옥상에서 자고, 다음 날 아침 여학생 집 초인종을 눌렀어. 안에서 왜 문을 열어 주었느냐고? 아주 간단했어. 그 애가 현관문 밖에서 이렇게 말했거든.

"택배 왔습니다."

여학생 엄마가 문을 열어 주자 그 애는 그 여자한테 칼을 꽂고 집을 뒤져 현금을 찾았어. 그 애가 챙긴 돈은 겨우 2만 5천 원이었어. 다행히 여자는 죽지 않았지만 그 애는 살인 미수로 형을 받았어.

그 애는 이곳에서도 왕따였어. 그 애는 언제나 음침한 분위기를 풍겼고 어두운 눈빛으로 사람을 노려봤어. 나도 그 애가 마음에 들었던 건 아니야. 그렇지만 누구와도 말을 섞지 않고 혼자 누워 있기만 하는 게 안돼 보여 먼저 말을 걸었던 거야.

"난 현수야. 방화로 사람을 죽였어. 넌?"

의외였어. 그 애는 잠시 머뭇거리다가 흔쾌히 자기를 소개했거든.

"난 병주. 칼로 사람을 죽일 뻔했어."

"후회하니?"

"아니, 별로. 넌?"

"난 후회해. 아주 많이."

그 애가 입을 삐죽거렸지만 나는 기분이 나쁘지 않았어. 오히려 안도감이 들었어. 녀석에게 감정이 없을까 봐 걱정했는데 그건 아니었으니까. 내가 말을 붙이긴 했지만 그 후로도 그 애는 죽 혼자 지냈어. 어떤 일에도 흥미가 없었어. 밥도 조금 먹고 샤워도 하는 둥 마는 둥 했어.

아이들은 녀석을 더 따돌렸어. 냄새 난다고 놀리거나 발로 찼지. 형들도 분풀이할 곳이 필요하면 그 애한테 대놓고 쌍욕을 했어. 그러거나 말거나 그 애는 미동조차 하지 않았어. 자기 세계에 꼼짝없이 갇힌 것 같았지.

그러던 어느 날, 자고 있던 나를 그 애가 깨웠어. 할 말이 있다고 했어. 내가 눈을 비비며 일어나자 나를 방 끝으로 잡아끌었어. 녀석이 그날 꺼낸 이야기는 충격적이었어. 나는 그 애가 거짓말을 지어내고 있다고 생각했지만 녀석은 거듭 말했어.

"믿기지 않겠지만 전부 진짜라고. 좆같게도."

오늘은 여기까지만 써야겠다. 점호 시간이 다가와서. 미안.

7월 1일

96

연약한 마음을 잘 지키는 것

동주의 고백이 머릿속을 떠나지 않았다. 느닷없이 끊긴 현수 오빠의 편지도 걱정스러웠다. 과제를 다 못 하고 갔더니 원장 선생님이 엄하게 혼을 냈다. 결국 과제를 다 한 뒤에야 학원 문을 나설 수 있었다. 열 시가 조금 넘었으려나. 목도, 어깨도, 허리도 뻐근했다. 목을 천천히 돌리며 버스 정류장까지 걸었다. 버스가 언제쯤 도착하는지 확인하려고 고개를 들었는데 동주가 보였다.

"늦게 끝났네?"

정류장 벤치에 앉았던 동주가 일어나 내 쪽으로 걸어왔다.

"여기서 뭐 해?"

"너 기다렸지."

내가 엉거주춤 서 있자 동주도 뻘쭘했는지 휴대폰으로 버스 시각을 다시 확인했다.

"우리가 타는 버스는 방금 지나갔네. 지하철 탈까?"

동주가 물었고 나는 고개를 끄덕였다.

동주와 나는 지하철역까지 아무 말 없이 걸었다. 지하철역 계단을 내려갈 때 할머니 한 분이 보였다. 허리가 많이 굽은 할머니가 무거운 짐을 들고 쩔쩔매며 계단을 내려가고 있었다. 힘드시겠다. 도와줄 사람 없나? 이런 생각을 하며 주변을 두리번거리는데 동주가 다다닥 계단을 내려가 할머니한테 갔다.

"할머니, 제가 들어 드릴게요."

동주가 큰 목소리로 말하자 할머니가 활짝 웃으며 고맙다고 말했다. 이렇게 보고만 있을 게 아니라 나도 도와 드려야겠다. 얼른 내려가 할머니 팔을 잡아 드렸다. 동주와 나는 할머니와 함께 한 계단 한 계단 천천히 내려갔다. 할머니는 엘리베이터가 고장 났다며, 연신 고맙다고 했다.

열차가 도착했다. 퇴근 시간대가 훨씬 지났는데도 열차에는 사람이 많았다. 노약자석까지 할머니를 모셔 드렸다. 동주가 할머니 앞에 짐을 내려놓고 이마에 맺힌 땀을 손등으로 훔쳤다. 동주와 나란히 서 있는데 동주를 힐끔거리는 사람들의 시선이 느껴졌다.

"서현이 넌 무슨 음식 좋아해?"

동주가 내게 물었지만, 나는 동주를 바라보는 사람들의 눈길을 좇느라 대답할 여유가 없었다.

"다 좋아해."

나는 대충 얼버무렸다. 이내 동주를 향한 사람들의 시선이 동주를 거친 뒤 옆에 있는 내게 쏠린다는 사실을 깨달았다. 사람들은 노골적으로 나를 훑어봤다. 그 시선에 담긴 목소리가 생생히 들리는 것만 같았다. 저 잘생긴 남자애 옆에 서 있는 평범한 애는 뭘까? 그냥 친구 사이겠지? 아니면 남매 사이인가? 나는 눈을 질끈 감아 버렸다.

"피곤해?"

동주가 다정하게 물었다.

"아니, 괜찮아."

사람들의 눈길을 튕겨 내려고 나는 고개를 세차게 저었다. 내가 뭐 어때서. 나도 나름 부모님 사랑 듬뿍 받고 자란 귀한 몸이다. 공부도 수학 빼면 못하는 편이 아니고, 음악은 소질이 없지만 미술은 곧잘 한다. 지은도 있고, 지금 연락하면 당장 달려 나와 줄 중학교 동창도 한 명 있다. 가끔 찾아뵐 때마다 "어이구, 우리 귀여운 똥강아지."라고 말해 주는 할머니 할아버지도 있다. 그리고 나는 연말이면 남은 용돈을 구세군 냄비에 몽땅 기부하는 사람이다.

나는 눈을 크게 뜨고 깜깜한 창문에 비친 내 얼굴을 똑바로 바라보았다. 괜찮아, 민서현. 너 괜찮은 사람이라는 거 내가 알아. 내가 알면 된 거야. 나는 내게 꽂히는 눈길들을 무시하고 내 옆에 서서 그윽한 눈길로 나를 내려다보는 동주를 올려다봤다.

"아까 뭐라고 물었어? 시끄러워서 못 들었어."

"무슨 음식 좋아하는지 궁금해서."

동주가 풋풋한 미소를 지으며 말했다.

"초밥 좋아해."

나는 마치 동주와 나 단둘이 있는 것처럼 명랑하고 큰 목소리로 대답했다.

"정말? 나도 초밥 좋아하는데."

동주가 해맑게 웃었다. 그 순수한 웃음에 내 몸과 마음이 금방 물들 것만 같았다.

어느새 목적지에 닿아 우리는 열차에서 내렸다. 사람들이 우르르 계단으로 몰려갔다.

"동주야, 잠깐만."

나는 사람들이 다 올라갈 때까지 기다렸다. 동주는 내가 왜 멈춰 섰는지 궁금해하는 눈빛으로 내 눈을 들여다봤다. 사람들이 썰물처럼 사라지고, 플랫폼에는 동주와 나만 남았다.

"그거 알아? 방금 네가 내 이름 처음으로 부른 거."

동주가 미소 지으며 말했다.

"그런가?"

"그렇다니까."

동주가 수줍게 웃었다.

"방학 때 같이 영화 보러 가자."

내 말에 동주의 눈이 휘둥그레졌다.

"같이 도서관도 가자. 어때?"

동주가 고개를 크게 끄덕였다. 나는 계단참까지 먼저 걸어갔다. 동주가 내 곁에 나란히 섰고 우리는 빠른 속도로 계단을 마저 올라갔다.

강동주에게 여친이 생겼다는 소문이 파다하게 퍼졌다. 반 아이들 모두 강동주 이야기를 했다. 단 한 사람만 빼고. 우리 반 은따 한아름만 세상만사 아무 관심 없다는 듯 이어폰을 낀 채 엎드려 있었다.

"일찍 왔네?"

여느 때보다 늦게 온 지은이 한없이 가라앉은 목소리로 물었다.

"으, 응."

나는 지은의 얼굴을 바라보지 못하고 간신히 대답했다.

"들었어?"

지은이 내 앞자리에 앉으며 내 팔을 붙잡았다.

"뭘?"

"동주 여친. 누굴까? 혹시 짐작 가는 애 있어?"

간절한 눈빛으로 나를 바라보는 지은에게 도저히 말할 수 없었다. 실망과 슬픔으로 가득 찬 저 눈빛에 대고 어떻게 내가 강동주 여친이라는 말을 할 수 있겠는가.

"서현이 넌 아니지?"

"여친 있다는 거 헛소문 아닐까?"

"아니래. 강동주가 직접 말했대."

강동주, 왜 그런 말을 하고 다니니. 대체 왜. 동주 입단속을 시키지 않은 내가, 지은에게 계속 거짓말을 하는 내가 못마땅해 죽을 지경이었다.

수업이 시작됐다. 교과서를 펼쳤지만 글자들이 어른거리기만 했다. 강동주 때문에 아이들 입에 오르내린다? 거짓말이 들통 나 지은과 원수 사이가 된다? 그런 상상을 하는 것만으로도 가슴 한편이 답답해졌다.

나는 교과서를 넘기는 척하면서 전교생을 왕따 시키고도 남는 포스로 하루하루를 당차게 살아가는 아름을 곁눈질했다. 개학 첫날 아름과 나누었던 대화가 새삼 떠올랐다.

"우리 중학교 1학년 때 같은 반이었지. 아닌가?"

내가 아름에게 다가가 묻자, 아름이 입술을 미묘하게 씰룩이더니 마지못해 입을 열었다.

"맞아."

아름의 달갑지 않아 하는 표정에 마음이 좀 상했지만, 나는 쿨하게 내 소개를 하고 싶었다.

"반갑다. 내 이름은……."

"네 이름 알아."

"알아?"

내가 환하게 웃으며 되물어도 아름은 여전히 성가시다는 표정이었다.

"너 공부 잘했잖아."

아, 내 이름을 안다는 게 그런 뜻이었구나. 혹시 공부 잘하는 애는 재수 없으니 이만 꺼지라는 소리일까? 물러날 타이밍을 살피고 있는데 아름이 불쑥 말했다.

"난 한아름이야."

"친하게 지내자, 아름아."

아름은 내 손을 물끄러미 바라보기만 할 뿐 자기 손을 내밀지 않았다.

"생각해 볼게."

그래, 그렇게 말했었지. 기운 없는 목소리로, 관심은 눈곱만큼도 없는 듯한 목소리로 생각해 보겠다고. 그게 아름과 나눈 마지막 대화였다.

동주와 사귀는 대가로 지은과 남이 된다면 나 또한 아름처럼 혼자 지내야 될 테지. 상상하고 싶지 않지만 그런 날이 온다면 아름처럼 당당하고도 고혹적인 자발적 아웃사이더가 되련다.

기말고사 기간이었다. 나는 중간고사 때처럼 예상 문제지를 만들어 아이들과 공유했다. 과목별로 핵심 내용을 요약하고 선생님들이 수업 시간에 강조한 부분을 정리했다. 안타깝게도 수학 빼고. 아이들 반응은 미적지근했다. 회장이 만든

요약본이라 해도 아무렴 거기에서 시험 문제가 나올 리 있겠느냐는 반응이 대부분이었다.

"여기서 시험 문제 나온다에 내 손목을 걸지."

지난 중간고사 때 내 노트를 빌려 갔던 소원의 말에 기류가 확 달라졌다. 아이들은 가방에 처박은 요약본 종이를 다시 들춰 보기 시작했다.

쉬는 시간은 아이들의 질문에 답해 주는 데 다 썼다. 아이들은 해석하기 어려운 영어 문제를 들고 오기도 했고, 수행 평가를 어떤 방향으로 해야 하는지 고민을 토로하기도 했다. 나는 최선을 다해 해답을 찾아 주고 수행 평가에서 고득점 받는 비결을 공유했다. 역시나 안타깝게도 수학은 빼고.

이렇게 함께 시험을 준비하면 좋았다. 처음에는 회장이니까 열심히 하는 친구들을 돕고 싶어서 시작한 일이었는데, 친구들 질문에 답을 찾다 보면 오히려 내 공부가 더 잘됐다. 다행히 기말고사 기간이 다가와서 그런지 아이들은 강동주 여친 이야기에 더는 열을 올리지 않았다.

이 모든 일에서 아름만 빠져 있었다. 아름은 여전히 혼자 다녔고 고고하게 혼자 밥을 먹었다.

아이들이 질문하지 않는 쉬는 시간을 틈타 나는 아름에게 갔다. 아름의 앞자리에 앉아 아름의 책상을 똑똑 두드렸다. 두 팔에 얼굴을 묻고 잠을 자는 건지 아니면 자는 척을 하는 건지, 아름은 미동조차 없었다. 내가 다시 책상을 몇 번 두드리자 아름은 거북처럼 느릿느릿 고개를 들어 올렸다.

"왜?"

아름이 한쪽 이어폰을 홱 빼며 따지듯이 물었다. 진짜 잠을 자고 있었는지 눈을 가늘게 떴다.

"시험 준비 잘돼 가?"

"뭔 상관인데."

대꾸할 말을 찾지 못하고 내가 벙찐 표정을 짓자, 아름은 반대쪽 이어폰까지 뺀 뒤 허리를 세웠다.

"나까지 신경 쓰시게?"

"그런 건 아니고. 지난번에 고마웠거든."

"지난번?"

"개학날 네가 내 이름 기억해 줬잖아."

아름은 책상에 올린 팔에 한쪽 턱을 괴고 나를 물끄러미 쳐다봤다.

"너 공부 잘하잖아. 말은 똑바로 해야지. 그건 고마운 게 아니라 미안해할 일이지. 같은 반이었는데도 넌 내 이름 몰랐잖아."

말문이 막혔다. 누구와 이야기하든 이렇게 말문이 막힌 적은 없었는데. 아름의 목소리가 점점 날카로워졌다.

"너 그거 병이야."

"뭐?"

"모든 사람한테 사랑받아야 하는 거. 아니, 미움이나 무관심은 조금도 용납할 수 없다는 그 마음."

나는 이대로 대화를 끝내고 얼른 내 자리로 돌아가고 싶어졌다. 한아름한테 다시 말을 걸면 내가 사람이 아니다. 이 계집애한테는 정말 두 손 두 발 다 들었다. 대충 얼버무리고 자리로 돌아가려는데 아름이 다시 입을 열었다.

"네가 무슨 신이라도 돼?"

나는 아름의 눈을 정면으로 응시했다. 무슨 말을 하려는지 몰라도 이번에는 호락호락 당하고만 있지 않겠다.

"야, 한아름."

"왜 모든 사람이 너를 상대해 주고 좋아해야 한다고 생각하는데?"

"그만하지."

"너 내가 불편하잖아. 나만 너를 투명 인간 취급하니까 기분 나쁜 거잖아. 겉으로는 혼자 다니는 나를 불쌍해하지만 속으로는 눈엣가시처럼 불편해하잖아. 아니야?"

"너 말이 좀 심하다. 회장으로서 혼자 다니는 친구한테 신경 쓰는 거, 당연한 일 아니야?"

아름은 이어폰을 팽개치더니 거칠게 의자를 뺐다. 그러고는 저벅저벅 교실을 걸어 나갔다. 그제야 나는 반 아이들이 전부 아름과 나를 보고 있었다는 것을 깨달았다.

패잔병처럼 나는 쓸쓸히 내 자리로 돌아왔다. 필기 노트를 바라봤지만 아무것도 눈에 들어오지 않았다. 수업 시작종은 오늘따라 왜 이렇게 안 울리는지. 지은을 비롯한 아이들이 나를 힐끗거리다가 자리에 앉는 기척이 느껴졌다.

아름의 말이 사실인 걸까. 아름이 혼자 다니는 게 마음에 걸리는 게 아니라 아름이 우리 반에서 내 가치를 몰라주는 단 한 사람이라 걸렸던 걸까. 다른 아이들처럼 아름에게도 인정받고 고맙다는 소리를 듣고 싶었던 걸까.

아름의 말이 사실이라면, 어떻게 아름은 나를 이토록 예리하게 간파할 수 있었을까. 때로는 나 자신을 열렬히 탐구하는 일이 무색할 만큼 나를 단번에 간파하는 상대방을 만나게 된다. 그래서 옛 성인들이 타인의 존재를 강조했는지도 모른다. 거울처럼 나를 비춰 주고 나의 음습한 부분에 빛을 비춰 주는 사람에게 숨기고 싶은 나의 일부분을 들켜 버리는 것. 필요한 과정이겠지만 적잖이 당황스럽고 적잖이 불쾌한 일이다.

현수 오빠에게

편지가 뚝 끊겨서 놀랐어요. 무슨 일 있는 건 아니죠? 독방에 갔다는 그분은 어떻게 됐어요? 그분이 꺼냈다는 충격적인 이야기는 대체 뭐예요? 오빠와 그분 모두 괜찮은지, 충격적인 이야기는 뭔지, 너무 궁금해요.

요즘 저는 기말고사 기간이라 엄청 바빠요. 게다가 산처럼 밀려드는 수행 평가와 소논문 대회도 함께 준비해야 해서 잠이 부족할 지경이에요.

　세상에는 그런 아이들이 가끔 있더라고요. 흠잡을 데 없이 완벽한 아이들. 중학교 3학년 때 반 회장이었던 민영이라는 친구가 그랬어요. 민영이는 공부도 잘하고 완벽주의 기질이 강하고 리더십도 좋았어요. 집이 잘사는 편이라 외모 관리를 어렸을 때부터 했고, 성격까지 좋아서 친구들이 바글바글했죠. 심지어 이 친구는 체육, 미술, 음악까지 다 잘했어요. 완전 사기 캐릭터였죠.

　그런데 제가 민영이에게 감동받은 건 이런 거였어요. 자기 공부 하느라 바쁠 수도 있는데, 이 친구는 점심시간 중 남는 시간에는 앞에 나가 어려운 수학 문제를 질문받았어요. 처음에는 아이들이 쭈뼛쭈뼛 망설였지만 나중에는 시간이 부족할 정도로 질문을 많이 해 댔죠. 그런데도 민영이는 얼굴 한번 찌푸리지 않고 친절하게 칠판에 적어 가며 설명해 줬어요. 질문한 아이의 눈을 계속 마주쳐 주면서 말이죠.

　민영이의 꿈은 국제기구에서 일하는 거래요. 세계에는 굶주리고 배울 기회를 얻지 못한 아이들이 많다고 자주 말했죠. 그런 아이들을 돕고 싶다고 했어요. 자기 꿈을 밝히면서 민영이가 지은 표정을 아직도 잊을 수가 없어요. 자기 꿈을 의심하지 않고 확신하는 그 눈빛, 그리고 자부심으로 꽉 찬 미소도요. 오만하지도 겸손하지도 않은 그 턱의 각도는 또 어찌나 멋지던지.

　저도 다른 아이들처럼 민영이를 좋아하고 따랐어요. 그리고 제가 만약 좋은 방향으로 변화할 수 있다면 민영이를 닮고 싶다고 생각했죠. 그래서 고등학교에 올라와서 회장 선거에 나갔어요. 민영이처럼 좋은 회장이 되겠다고 다짐하면서요.

회장에 뽑히고 나름 최선을 다했지만 민영이처럼 훌륭한 리더십을 발휘하지 못한 것 같아요. 어제 한 아이가 제게 따졌거든요. 그 애가 혼자 지내는 게 마음에 걸렸고 회장으로서 신경 써 주고 싶은 마음이 컸던 건데, 제가 잘못 생각했나 봐요. 제 감정만 생각하고 그 감정을 받는 사람의 처지는 생각하지 못했나 봐요. 처음에는 그 애한테 화가 났는데, 시간이 지날수록 뭔가 잘못했다는 생각이 드네요.

제가 자기를 눈엣가시처럼 불편해한다던 그 애의 말이 두고두고 가슴에 남아 저를 괴롭혀요. 그런 마음을 가졌든 가지지 않았든, 누가 나 때문에 그런 감정을 느꼈다면 그건 제 잘못 아닐까요? 어쩐지 그 애한테 몹쓸 짓을 했다는 자괴감이 떠나질 않네요.

어떤 소설가가 그랬어요. 자기는 사람들의 칭찬이나 욕에 흔들리지 않는다고. 저에게도 그런 날이 올까요? 누가 나를 욕하거나 칭찬해도, 아무렇지 않을 수 있는 날이 정말 올까요? 그렇게 단단해지려면 얼마나 많은 시간과 얼마나 많은 훈련이 필요할까요?

문득 이런 생각도 들었어요. 누구에게 상처받으면 울기도 하고 칭찬받으면 헤헤거리기도 하고 그렇게 연약한 마음을 잘 지키는 것도 나쁘지 않겠다. 강한 사람이 되는 것만큼이나 약한 사람이 되는 것도 나쁘지 않겠다. 모든 사람이 다 강해지기만 하면 그건 좀 아니지 않나. 그건 어차피 불가능하지 않나. 오빠는 어떻게 생각해요?

민서현 드림

갑자기 편지가 끊겨서 놀랐지. 시간이 부족하기도 했고, 무엇보다도 그 녀석 이야기를 정리할 시간이 필요했어.

민영이라는 친구 대단하다. 그런데 그 친구의 멋진 면을 발견하고 닮고자 애쓰는 너도 대단한 사람 같아. 한 친구가 너한테 따졌다고 했지. 지금 너는 그 친구의 말 때문에 많이 괴롭겠지만, 나는 네 편지를 읽고 한 가지 생각만 들었어. 부럽다. 따지기도 하고 다투기도 하면서 학교생활을 하는 너와 친구들이 진심으로 부럽다.

친구와 싸우고 나면 원망하는 마음이 들기 마련인데 너는 자신을 먼저 돌아봤어. 여기에 있는 수감자 중에는 정말 큰 죄를 저질렀는데도 전혀 반성하지 않는 애들이 있어. 그 애들에게 네 이야기를 들려주고 싶다는 생각을 잠깐 했어.

연약한 마음을 잘 지키는 것도 나쁘지 않다고 했지? 모든 사람이 다 강해지기만 하면 그것도 이상한 일이겠지. 그렇지만 이곳에서 나는 강해지자고 많이 읊조려. 나는 신에 대해서 잘 모르고 종교도 없지만 이곳에서는 매일 기도해. 어떤 신이든 들어 달라는 마음으로. 내 잘못을 똑똑히 바라보고 인정할 수 있는 용기를 달라고. 모든 걸 포기하고 싶은 마음과 싸울 수 있는 힘을 달라고. 여기를 나가도, 여기보다 더 무섭다는 사회에서도 잘 견딜 수 있게 강인함을 달라고.

그 애는 아직 독방에 갇혀 있는데, 그 애가 들려준 이야기 때문에 요즘 나도 잠을 설치고 있어. 그 애가 나랑 같은 방을 쓰기 전의 일이야. 그 방에 좀비라는 별명이 붙은 형이 있었대. 그 형이 여기 들어오기 전에 만든 SNS 자기 소개란은 이랬대.

좋아하는 것: 살육, 도끼, 쾌락, 피, 영웅, 게임, 파충류.

"난 악마를 봤어. 그 형의 눈동자가 밤마다 날 찾아와."

그 애가 말했어.

"무슨 소리야?"

"그 형 장래 희망이 뭐였는지 알아?"

그 애는 몸을 부르르 떨고 있었어. 따뜻한 물이라도 주고 싶었지만 방 안에 그런 게 있을 리 없었지.

"살인업자. 40명을 죽이는 게 목표라고 했어."

나는 하는 수 없이 녀석의 어깨를 다부지게 잡고 등을 토닥여 줬어. 그런데도 떨림은 더 심해지기만 했어.

좀비는 중학교 3학년 때 살인을 했어. 할인점에서 도끼를 구입하고 날을 갈아 침대 밑에 숨기고는 타이밍을 기다렸어. 부모님이 나가고 집이 조용해진 틈을 타 동생 방문을 열었어. 하나, 둘, 셋. 초등학생 동생의 등에 도끼를 꽂고 좀비는 피가 튄 옷을 갈아입었어. 좀비는 도끼를 가방에 넣고는 집을 나왔어. 자기를 알아보는 사람이 없는 곳으로 가려고 버스 터미널로 향했어. 행선지도 모른 채 버스를 탔고 버스가 멈추자 아무 데나 내렸어. 그렇게 길거리를 헤매다가 형사들한테 붙잡혔대.

그 애는 떨리는 목소리로 말했어.

"그 형이 내게 저주를 씌웠어. 난 다 알아."

"무슨 저주?"

"그 형은 나랑 출소 시기가 비슷해. 그래서 나를 기다리겠다고 했어.

같이 힘을 모으자고 하더라."

"뭘 같이 해?"

"살인."

나는 입을 다물었어. 그 애의 몸을 덮친 한기가 내게로 훅 밀려들었어.

"살인 기계가 되자고 했어. 자기는 눈동자만 보면 안다는 거야. 너 사람한테 칼 꽂을 때 좋았지? 기분 째졌지? 기분 나쁜 웃음을 지으면서 나를 다그쳤어."

"아니라고 말하지. 난 형이랑 다르다고."

그 애는 잠시 내 눈을 뚫어져라 바라보더니 두 팔로 머리를 감쌌어.

"모르겠어. 난 진짜 모르겠어."

그 애한테 도움이 되는 말을 해 주고 싶었지만 어떤 말을 해 줘야 좋을지 알 수 없었어. 나는 입을 꾹 다문 채 녀석의 어깨를 몇 번 더 토닥였어.

"그 형 말이 맞는지도 몰라. 난 여기에 있는 게 견딜 수가 없어. 나가면 무슨 짓을 저지를지 몰라."

"넌 너무 외로웠을 뿐이야."

그 애가 고개를 들었어.

"그 형은 몰라도 넌 절대 살인 기계가 될 수 없어."

"씨발, 네가 뭘 안다고 그래?"

"알아. 그냥 안다고."

녀석의 눈이 촉촉해졌어.

"뭘 알아. 나는 칼 꽂은 아줌마한테 미안하지 않아. 좀비 말처럼 사이코패스일지도 모른다고, 이 병신아."

따뜻한 불빛이 간절히 필요했어. 단 하나의 촛불이라도 녀석과 나 사이에 있다면 얼마나 좋을까. 나는 자꾸만 어두워지려는 마음을 물리치려고 고개를 세게 저었어.

"너 지금 떨고 있잖아. 그 형을 무서워하고 있잖아. 그리고 무슨 사이코패스가 이렇게 말이 많아."

내 말을 듣더니 그 애가 킬킬거렸어. 그렇게 어린아이처럼 웃는 모습을 그때 처음 봤어. 그게 처음이자 마지막이었어.

"너 보기보다 말 되게 잘한다. 생긴 건 멍청한 곰처럼 생겨 가지고는."

"그런 말 많이 들어. 먹는 거 좋아하는 살찐 곰 같다고."

그 애가 다시 킬킬거렸어.

"넌 미안하지 않은 게 아니라 그냥 도망치기 바쁜 거야."

그 애가 웃음을 뚝 멈추고 나를 날카롭게 째려봤어.

"네가 저지른 일을 생각하고 싶지 않은 거라고. 왜냐하면 넌 실패했다고 생각하니까. 멋지게 도주에 성공할 줄 알았는데 그러지 못했으니까. 너는 실패와 죄책감을 피해 도망 다닌 거야. 그게 쉽고 편하니까."

"꽤 똑똑한 곰이네."

녀석의 입가가 슬쩍 올라갔어. 뭔가 더 해 주고 싶은 말이 있었는데 그 애는 홱 일어서더니 자기 자리로 돌아갔어. 나도 내 자리로 돌아와

누웠어. 나는 눈을 말똥말똥 뜨고 어두컴컴한 천장을 바라보았어. 잠이 싹 달아나 버렸어.

녀석에게 무슨 말을 더 해 주고 싶었느냐고? 조금 더 기다려 보라고 말해 주고 싶었어. 조금 더 기다리면 미안함과 죄책감과 후회와 원망이 파도처럼 몰려들 거라고. 나도 그랬으니까. 죽 도망만 다녔기 때문에 더 큰 폭풍이 되어 몰려들 거라고. 그 폭풍에 알몸으로 맞서는 건 죽을 만큼 힘들겠지만, 견디다 보면 폭풍은 언젠가는 잠잠해진다고. 그러니 이 악물고 견디라고. 내가 안다고. 온몸으로 겪어 봐서 잘 안다고. 그런 말을 해 주고 싶었어.

내가 마지막 말을 못 해 줘서일까? 다른 방에 배정된 후 지금까지 그 애는 여전히 이곳에 적응하지 못하고 있어. 문제를 일으키고 독방에 갇히고 교도관 선생님들에게 대들고 처벌받는 일을 반복하고 있어.

어두운 얘기만 잔뜩 썼네. 미안해. 그렇지만 너한테 이야기하고 나니 내 마음속 깊은 곳에 잠자고 있던 어둠이 조금 사라진 기분이 들어.

언젠가는 이 어둠이 전부 사라지고 밝은 햇살만 가득한 날이 오기를 바라며.

7월 18일

114

지금 나는 너를 보고 있어

여름 방학이 시작되고 나는 동주와 약속한 대로 영화를 보러 갔다. 공포 영화를 선택하려다가 첫 데이트에 무난한 로맨틱 코미디 영화를 봤다. 영화관에 불이 꺼졌고 팝콘 먹는 소리가 간간이 들렸고 영화는 달달했고 동주의 손과 팔은 너무나 자연스럽게 내 쪽으로 넘어왔다. 동주의 손 때문에 나는 영화에 집중할 수 없었다. 내 손은 서서히, 그리고 조금씩 동주의 손을 향해 움직였다. 분명 내 손인데도 내 마음대로 되지 않았다. 손은 내 명령을 전혀 따르지 않고 혼자 저절로 움직였다.

내 손이 동주 손 위에 곱게 안착했다. 움찔 놀란 듯한 동주의 떨림이 손을 통해 고스란히 느껴졌다. 동주의 손은 부드럽고 한없이 따뜻했다. 얼마나 흘렀을까. 동주는 큰 결심을 한 사람처럼 내 손을 단단히 쥐었다. 내 손은 꼼짝없이 동주의 손 안에 붙잡혔다.

눈을 깜박이며 스크린을 바라봤지만 내 정신은 다른 곳에 가 있었다. 젠장, 조금만 기다릴걸. 첫 데이트인데 성급하게 이게 무슨 짓이니. 내가 먼저 손을 잡다니. 민서현, 대체 너 요즘 왜 이러니. 응?

나도 내가 왜 이러는지 알 수 없었다. 내게 이런 면이 있는지 전혀 몰랐다. 연애에 관심도 없던 내가 남자 손을 먼저 잡을 줄은 전혀 몰랐다. 동주를 만나는 동안의 나는 이제껏 알던 내가 아니었다. 그렇게 나는 동주를 통해 내가 어떤 사람인지 새롭게 알아 가는 중이었다. 그러면서 동주 또한 나를 만나는 동안 자신에 대해 새로운 것을 하나씩 발견해 나가기를 바랐다.

주말에 우리는 다시 만났다. 자연스럽게 손을 잡고 거리를 걸었다. 목적지를 정하지 못한 채 무작정 걸으면서 수다를 떨었다. 동주가 "놀이공원에 갈까?" 하고 말했고 "아님 국립 박물관은 어때?"라는 말도 했다. 어디든 좋았다. 동주 손을 잡고 걷는다면 어디든 갈 수 있으니까. 세상 끝까지 갈 수 있을 것 같으니까.

호수 주변을 산책하는데 갑작스레 비가 쏟아졌다. 후드득 머리로 쏟아지는 빗방울을 피해 우리는 차양이 쳐진 건물로 달려갔다. 여우비였다. 쨍하게 햇살이 눈부신 와중에 비가 내리고 있었다.

"소나기겠지?"

동주가 머리카락에 묻은 빗방울을 털어 내며 물었다.

"여우비 같아. 곧 그칠 거야."

나는 신기루처럼 금세 사라질 여우비를 멍하니 바라봤다. 비가 그치고 무지개까지 뜬다면 정말 완벽할 텐데. 그런 생각을 하면서.

"서현아, 춥진 않아?"

동주 목소리는 다정했다.

"응, 괜찮아."

비를 맞아 옷이 살짝 젖었지만 춥지는 않았다. 나는 여름의 뜨거운 햇살과 여우비와 동주의 옆모습을 차례로 쳐다봤다. 햇살을 받은 동주의 이마와 콧날과 두 뺨이 반짝였다. 나는 동주의 아름다운 귀와 반듯한 이마와 잘생긴 콧날과 단아한 입술에 끊임없이 말을 걸고 싶었지만 이상하게도 목소리가 나오지 않았다.

동주야. 우리 사랑도 신기루처럼 금방 사라질까?

동주는 빗방울이 내리꽂혀 일렁이는 호수의 표면을 물끄러미 바라봤다. 비가 조금씩 멎어 갔다. 동주는 고개를 젖혀 하늘을 올려다봤다.

어리석은 나는 시작하기도 전에 끝을 생각하고 내가 받을 상처만 먼저 걱정하고 있어. 이런 나를 좋아해 줘서 고마워.

"비 그쳤다."

동주가 해맑게 웃었고 나는 동주의 얼굴을 멀거니 바라봤다. 거짓말처럼 비가 뚝 그쳤다. 우리는 다시 손을 잡고 길을 걸었다. 빗물이 고인 바닥을 첨벙첨벙 디뎠다.

"놀이공원 진짜 갈까?"

동주가 물었고 나는 고개를 저었다.

"너무 비싸."

"괜찮아. 나 용돈 받았어."

동주가 주머니를 툭 치며 자랑스럽게 말했다.

"미술관은 어때?"

동주를 올려다보며 물었다.

"보고 싶은 전시가 있거든. 학생 할인 받을 수 있을 거야."

그러자 동주가 우뚝 멈춰 서더니 볼멘소리를 했다.

"그만 좀 해. 알뜰하기까지 하면 어쩌란 말이야. 매력이 너무 많으면 감당이 안 된다고."

"야, 강동주. 내가 느끼한 멘트 하지 말라 그랬지?"

손가락으로 옆구리를 찌르려 하자 동주가 몸을 잽싸게 피했다. 다른 손으로 찌르기를 시도하자 동주는 그 손을 덥석 잡았다. 동주의 머리 뒤편에 자리한 해 때문에 눈이 부셨다. 잠시 눈을 감았다. 다시 눈을 뜨니 눈앞에 서 있는 동주가 서서히 보였다.

나는 동주를 올려다보며 손을 내밀었다.

"안녕. 난 민서현이야."

동주가 입가에 미소를 띠더니 내 손을 마주 잡았다.

"안녕. 난 강동주라고 해."

반가워, 동주야. 나를 새롭게 소개할게. 어제까지의 나를 잊고 지금의 나를 새로 바라봐 줄래?

나는 엄마 칭찬과 성적에 목숨 거는 아이였어. 그래서 치열하게 공부했지. 운 좋게 성적도 괜찮았고. 그런데 지금은 성적만큼 소중한 게 많다는 사실을 조금은 알 것 같아. 나는 애들이 연애하고 사귀는 거를 부정적으로 생각했었어. 지금은 친구들이 연애한다고 고백해 오면 두 눈을 반짝이며 이야기를 들어 줄 것 같아. 나는 남자들을 잘 믿지 못했어.

그런데 동주야. 지금 나는 너를 보고 있어. 지금 너의 반짝이는 눈동자에서 나를 다시 발견하고 있어. 그리고 동주, 너를 믿어.

현수 오빠에게

편지를 단숨에 읽었어요. 그분에게 오빠가 든든한 기둥이 되어 주어야 할 것 같아요. 좀비라는 사람이 그분을 자기 사람으로 만들지 못하게. 오빠가 그분한테 해 준 말들을 읽고 또 읽었어요. 그리고 확신했어요. 오빠 안의 어둠이 사라지는 중이라고. 오빠한테는 이 어둠을 싹 다 몰아낼 힘이 있다고.

　오빠. 좋은 아이디어가 떠올랐어요. 푸드바이크 어때요? 푸드바이크
들어 봤어요? 푸드트럭은 들어 봤죠? 그거랑 비슷한 건데, 어쩐지
오빠한테는 트럭보다는 바이크가 어울릴 것 같아서요.

　세상에 나오면 오빠는 곧바로 존경하는 셰프를 찾아갈 거예요. 그
셰프와 주방 식구들은 오빠를 가족처럼 맞이해 주겠죠. 처음 몇 년은 많이
힘들 거예요. 날마다 양파만 깔 수도 있대요. 그래도 오빠는 그 시간을
잘 견딜 거예요. 더 험한 곳에서도 누구보다 건강한 마음을 지키며 살아온
오빠니까요.

　주방 보조 자리로 승진해서 요리의 기초를 쌓으면 조셉을 찾아 떠나겠죠.
오빠의 파트장 조셉을 언젠가는 만나게 될 거예요. 오빠는 조셉을 통해
요리 감각을 업그레이드하겠죠. 드디어 오빠만의 레시피를 만들 수 있게
되면 조셉이 이렇게 말할 거예요.

　"미스터 리, 이제 그만 하산하세요."

　엘불리를 나오자마자 오빠는 한국으로 돌아와 오빠 이름을 딴
푸드바이크를 사서 전국을 돌아다닐 거예요. 최고의 음식을 파는
푸드바이크가 자기 마을에 온다는 소식이 들리면 사람들은 들떠서 며칠
전부터 오빠를 기다릴 거예요. 푸드바이크가 도착하는 날에는 오전부터
길게 줄을 서겠죠.

　그곳에 갇혀 있는 동안 오빠는 세상을 많이 보지 못했잖아요. 그러니까
푸드바이크를 타고 많은 곳을 다니면 좋겠어요. 아름다운 풍경을 두 눈에
담고 세상을 보고 느끼고 그 경험을 다시 요리에 담아냈으면 좋겠어요.

홍보는 걱정 마세요. 제가 모든 수단을 동원해서 오빠의 푸드바이크와 음식을 마구 홍보해 줄 테니까. 제가 그쪽으로 또한 실력 하거든요. 어? 모락모락 피어나는 이 의심의 소리는 뭐죠? 설마 민 회장의 추진력을 의심하는 건 아니죠?

민서현 드림

푸드바이크 이야기를 듣자마자 가슴이 두근거렸어. 아이디어 정말 멋지다. 홍보해 주겠다는 말도 고마워.

애들은 집밥이 가장 그립대. 방장 녀석은 엄마의 두부전골이 먹고 싶다고 늘 말해. 두부전골은 어떤 맛일까? 한 번도 먹어 본 적이 없어서 맛이 궁금해. 나는 스파게티가 제일 먹고 싶어. 이야기가 좀 긴데, 들어 줄래?

엄마는 예뻤는데 언제나 무표정했어. 나는 엄마가 웃는 모습을 한 번도 못 봤어. 그게 슬픔을 가리려는 가면이었다는 걸 그때는 몰랐어. 너무 어렸으니까.

어느 날 엄마가 나를 데리고 택시를 탔어. 엄마와 택시를 탄 것도, 읍내까지 나간 것도 처음이었어. 엄마는 나를 큰 식당에 데려갔어. 메뉴판을 손가락으로 짚어 음식을 주문했어. 우리가 먹은 건 치즈가 듬뿍 들어간 오븐스파게티였어. 나는 행복했던 것 같아. 스파게티가 너무 맛있었으니까. 죽죽 길게 늘어지는 치즈를 처음 먹었으니까. 그날

밤 엄마는 집을 나갔어. 그리고 다시는 돌아오지 않았어.

아빠와 사는 게 힘들었던 걸까. 아니면 지독한 가난에 도저히 적응할 수 없었던 걸까. 나는 엄마가 느꼈을 슬픔을 지레짐작할 뿐이야. 엄마에게 물어보지 못했고 앞으로도 물어볼 수 없을 테니까.

엄마가 집을 나간 뒤로 아버지는 계속 술만 마셨어. 일도 안 하고 술만 마시다가 아버지도 집을 나가 버렸어. 내가 굶지 않을 수 있었던 건 할머니 덕분이야. 할머니는 불편한 몸으로 나를 먹이고 입혔어.

어느 날 술에 거나하게 취한 아버지가 소주가 담긴 비닐봉지를 들고 집에 들어왔어. 할머니는 아버지 손에 들린 소주를 뺏으려고 했지만 아버지 힘을 당해 낼 수 없었어. 그날 아버지는 방에서 목을 맸어. 나는 똑똑히 봤어. 허공에 매달려 축 늘어진 아버지 몸을. 할머니가 황급히 문을 닫았지만 늦었어. 나는 다 보고야 말았어. 할머니의 통곡 소리가 방에 울려 퍼졌어.

장례가 끝나고 술을 못하는 할머니가 소주를 사 왔어. 투명한 잔에 소주를 가득 따라 연거푸 들이켰어. 할머니는 끅끅 통곡했어. 가슴에 쌓아 둔 슬픔을 오래도록 토해 냈어. 그 뒤로 나한테는 할머니뿐이었어.

엄마가 집을 나가지 않았다면, 아버지가 돈이 많았다면, 내 앞에서 목을 매지 않았다면, 내 삶이 달라졌을까? 그랬다면 범죄를 저지르지 않았을까? 이런 곳에 갇히는 신세가 안 되었을까? 그런 생각들이 꼬리에 꼬리를 물고 이어지는 밤이면 나는 고개를 세게 저어. 그런 생각들로 내가 저지른 일을 합리화하면 안 되는 거니까.

출소하면 나는 몸이 부서져라 일할 거야. 그래서 세상에서 가장 맛있는 스파게티를 만들 거야. 그 스파게티를 할머니께 드리고 싶고 엄마를 찾아 먹이고 싶어. 그리고 아버지 영정 사진 앞에 바치고 싶어.

지루한 교도소 생활을 그나마 견디게 해 주는 건 편지야. 아이들은 편지가 오는 날만 기다려. 나는 편지를 받은 적이 없었어. 할머니는 글을 읽지도 쓰지도 못하니까. 네 덕분에 나도 편지를 받는 사람이 됐어.

8월 2일

나에게서 벗어나게 해 주세요

소논문 대회가 얼마 남지 않아 우리는 도서관에서 기습 회의를 했다. 자료 조사한 종이 뭉치를 책상 위에 올려놓았다.

"범죄의 원인은 유전자일까 사회적 환경일까?"

동주가 지은과 나에게 물었다.

"조사해 보니까 유전적 요인도 있긴 해."

지은의 말에 내가 입을 열었다.

"유전적 요인도 있겠지만 성장 환경이 더 중요한 것 같아."

나는 현수 오빠와 주고받은 말을 떠올렸다. 오빠가 왜 그런 짓을 저질렀는지 아직 듣지 못했지만 나는 오빠가 나쁜 사람이 아니라는 걸 짐작할 수 있었다. 오빠가 내게 들려준 말에는 거짓이나 증오나 분노가 없었다. 절절한 아픔과 자기 반성만 넘쳐흘렀다.

"나랑 편지 주고받는 사람 있잖아. 현수 오빠를 알면 알수록 더 확신이 들어. 환경이 좋았다면 오빠는 절대 살인자가 안 됐을 거야."

"그 오빠 성장 환경이 어땠는데?"

지은이 나를 바라보며 물었다.

"엄마는 가출했어. 그리고 자살한 아버지의 시신을 바로 눈앞에서 봤대."

동주와 지은은 한동안 말이 없었다.

"아직도 편지하고 있구나."

동주가 나지막이 중얼거렸다.

"응?"

"아냐."

동주가 고개를 가볍게 저었다.

"그래도 악마 같은 사이코패스가 버젓이 있긴 하잖아."

지은이 딱딱한 목소리로 말했다.

"그렇지. 근데 사이코패스라고 다 살인자가 되는 건 아니잖아. 좋은 환경에서 제대로 된 교육과 사랑을 받고 자라면 살인자가 되진 않아."

내가 좀 단호하게 말하자 지은은 동주 쪽으로 고개를 돌리며 물었다.

"동주 네 생각은 어떤데?"

"유전적 요인도 무시할 순 없지만 환경적 요인이 더 중요하다는 방향으로 결론을 내야 논문의 완성도가 높아질 것 같아. 의미도 더 있고."

나도 의견을 덧붙였다.

"내 생각도 비슷해. 유전적 요인으로 돌리면 사회 제도를 정비할 필요가 없다는 건데, 그렇게 결론 내리면 너무 허무할 것 같아."

"그럼 결론이 다 나온 셈이네?"

지은이 차가운 눈으로 나를 바라보며 말했다. 입술을 꾹 오므린 지은의 표정이 마음에 걸렸다.

"내가 대충 전체 개요를 짰는데 들어 볼래?"

내 말에 동주가 고개를 끄덕였다. 동주 눈을 바라보면 집중이 안 될 것 같아 나는 고개를 숙이고 개요를 읊었다.

"서론은 최근 한국에서 일어난 살인 사건으로 시작하면 좋을 것 같아. 사이코패스나 조현병으로 인한 살인이라고 크게 보도된 사건으로. 서론 끝에 이렇게 질문을 던지는 거야. '사람들의 편견처럼 사이코패스로 진단받은 사람들은 모두 사회에 위험한 사람들일까? 과연 모든 사이코패스가 살인을 저지르는 걸까?' 본론1에서는 범죄가 유전된다고 믿었던 학설들을 하나씩 살펴본 다음 문제점을 짚어 내면 좋겠어. 본론2에서는 환경적 요인 때문에 범죄자가 된 사람들의 사례를 살펴본 다음, 폭력이 인간에게 끼치는 영향을 정리하면 좋겠고. 결론에서는……."

결론까지 짠 개요를 다 소개했다. 한동안 침묵이 흘렀다. 침묵을 깬 사람은 지은이었다.

"이거 전부 네가 짠 거야?"

"어?"

"국어 학원에서 도움 받은 거 아니고?"

지은의 목소리에 의심과 분노가 묻어 있었다. 나는 허리를 세우며 고쳐 앉았다.

"자료 조사할 때는 도움을 받았지만, 개요는 내가 짠 거야. 왜 그러는데?"

내 1학기 기말고사 수학 성적이 약간 올라서 그러나? 그게 지은의 자부심에 상처를 냈나? 아니면 거짓말이 들통난 걸까? 동주와 사귄다는 걸 알아 버렸나? 심장이 쿵쾅거렸다.

내가 지은의 콧대를 누르고 있는 안경을 흘끔거리며 눈치를 살피는 동안 동주가 온화한 말투로 상황을 정리했다.

"서현이가 개요를 짜 왔으니 요약본 본론은 내가 채울게. 지은이는 뭐 할래?"

동주가 다정하게 묻자 지은은 얄따란 입술로 슬며시 미소 지었다.

"나는 결론을 쓸게."

"그래 줄래?"

동주가 되물었고 지은은 고개를 크게 끄덕였다.

"그럼 나 먼저 가 볼게. 학원 보충이 있어서."

지은은 다급한 손길로 가방을 챙겨 일어섰다. 내가 덩달아 일어섰더니 지은은 손사래를 치며 내일 보자고 말했다. 지은의 뒷모습을 바라보고 있는데 동주가 불쑥 물었다.

"서현이 넌 못하는 게 뭐야?"

"나? 수학 못하잖아."

"그리고?"

"음악도 못하지. 넌?"

"난 못하는 거 많다니까."

아차차, 그랬지. 체육도 못하고 미술도 못하고 음치고 친구도 별로 없고 가족한테는 미운 오리 새끼고.

"아까 깜짝 놀랐어. 부럽기도 하고. 난 암기는 잘하지만 논리력이 부족해서, 글 잘 쓰는 사람을 보면 신기하더라고."

"너도 글 잘 쓸 것 같은데. 말 잘하잖아."

"말이랑 글은 다르더라고. 내가 본론 쓰면 네가 많이 다듬어야 할 거야."

동주가 맑갛게 웃었다. 소문으로만 듣던 동주와 지금 내 곁에 앉아 있는 동주는 다른 사람 같다. 아이들 입에 오르내리는 동주는 못하는 거 하나 없는 완벽남인데, 내 앞의 동주는 못하는 거 많고 부모의 사랑이 그립고 연애와 사랑에 서툰 평범한 아이다.

"현수 오빠 이야기가 소논문에 들어가면 어떨까?"

나는 조심스럽게 말을 꺼냈다.

"어쩌다가 살인을 했는지 들었어?"

"아니, 아직."

"그럼 어렵지 않을까?"

"그렇겠지?"

손등에 턱을 올리고 생각에 잠겼다. 오빠가 어쩌다 살인자가 됐는지 알게 된다고 해도 오빠 이야기를 함부로 소논문에 인용하는 건 무례한 일이겠지.

"저기……."

동주가 말끝을 흐렸다.

"어?"

"그 오빠 말이야."

무슨 말을 하려고 그러는지 동주가 계속 뜸을 들였다.

"많이 친해?"

"친해졌지. 편지를 많이 주고받으니까."

"그니까 서로 좋아하거나, 흠흠, 호감이 가거나 그런 건 아니지?"

손가락을 꺾고 만지작거리고 그러는 자기 손가락을 멍한 눈빛으로 바라보는 동주를 보니 피식 웃음이 나왔다.

"지금 질투하는 거야?"

"질투라니. 그냥 물어본 거야."

뭐가 그렇게 더운지 동주는 손부채로 얼굴에 바람을 밀어넣느라 바빴다. 한순간에 동주의 귀와 목 뒷덜미가 새빨개졌다. 그 모습이 귀여워 나는 쿡쿡 웃었다.

"동주야, 나 실은 너랑 꼭 하고 싶은 게 있어."

"뭔데?"

"등산."

푸르른 너와 함께 짙푸른 산을 타고 싶어. 함께 땀을 흘리면서 줄곧 바라본 높은 곳에 도달하고 싶어. 경사진 곳을 만나면 네가 내게 손을 내밀 거야. 그러면 조금도 머뭇거리지 않고 네 손을 잡을 거야. 앞서거니 뒤서거니 하면서, 두 발로 꾹꾹 흙과 낙엽과 나무뿌리를 디디면서, 너와 천천히 산을 오르고 싶어. 그 길에 너와 나의 숨결을 새겨 놓고 싶어.

"가을에 나랑 같이 가 줄래?"

나는 작은 목소리로 속삭이듯 물었고 동주는 더없이 환한 웃음으로 답을 했다.

"그럼. 당연하지."

여름 방학이 끝을 향해 달리고 있었다. 지은과 공원 벤치에서 만났다. 영어 말하기 대회 이야기를 하려고 했는데, 지은은 같이 다니던 영어 학원을 옮기겠다는 말부터 꺼냈다.

"갑자기 왜?"

"8월 모의고사 완전 망쳤거든."

지은의 입에서 긴 한숨이 새어 나왔다.

"좀 더 다녀 보지."

"나도 그러고 싶은데, 엄마가 다 끊으라고 난리야."

지은이 어두운 표정으로 일어나 자판기로 다가갔다.

"나도 좀 망쳤는데."

내 말에 지은이 발끈했다.

"야, 어디에 숟가락을 얹어. 비교하지 마. 너 영어는 전교권 이잖아."

미안한 마음에 헤헤거리자 지은은 잠시 나를 흘겨봤다.

"아잉, 혼자 학원 다니기 싫은데."

나는 입술을 쭉 내밀며 앙탈을 부렸지만 지은의 얼굴은 여전히 어두웠다.

지은이 자판기에서 음료수 두 개를 뽑아 하나를 건넸다.

"영어 말하기 대회에도 못 나갈 것 같아."

지은이 캔 뚜껑을 따며 말했다.

"왜? 같이 나가기로 약속했잖아."

나는 눈을 동그랗게 떴다.

"어차피 너랑 수준도 안 맞잖아. 방해만 될 것 같아."

"방해라니. 내가 많이 도와줄게. 같이 하자."

지은은 음료수를 벌컥 마시고는 대답을 망설였다.

"네가 선택한 주제도 마음에 안 들어."

지은이 도전적인 눈길로 내 눈을 응시했다. 처음 보는 눈빛이었다. 진갈색 눈동자를 감춰 주는 투명한 안경알에 내 모습이 고스란히 비치고 있었다.

"주제가?"

"좋아하는 일을 찾자, 자신이 원하는 일을 해야 한다, 이런 한가한 소리에 동의하지 않는다고."

"한가한, 소리?"

한층 차가워진 지은의 눈빛이 나를 똑바로 향하고 있었다.

"너네 아빠는 능력이 있으니까 상관없겠지만 난 벌써부터 걱정이야. 뭐 하며 먹고살지. 비싼 등록금을 내면서 대학을 가야 할지, 아니면 대학 포기하고 취직을 해야 할지."

"좋아하는 일을 찾고 그걸로 밥벌이를 하면 되지."

"하⋯⋯."

지은이 탄식을 툭 토해 냈다. 힐난과 어이없음과 조소가 마구 뒤섞인 탄식이었다.

"너 진짜 웃긴다. 좋아하는 일을 하면서 잘 먹고 잘 사는 사람이 얼마나 될 것 같아?"

"내가 존경하는 교수님이 그랬어. 좋아하는 일을 열심히 하면서 굶는 사람을 본 적 없다고."

"그 교수님은 운이 좋았나 보지. 네 말이 사실이라면 어른들 전부 자기가 좋아하는 일을 하며 살고 있어야겠네. 근데 과연 그래?"

분하게도 대꾸할 말이 생각나지 않았다. 지은은 묵직한 훅을 날렸고 나는 지은의 반격에 어안이 벙벙할 따름이었다.

"이런 말까지는 안 하고 싶었는데, 난 성적에 맞춰서 지방

국립대를 가야 할지도 몰라. 대학 졸업하자마자 빚쟁이가 되고 싶지는 않으니까. 지방 국립대를 못 가면 그냥 취직해야할지도 몰라. 아빠 가게가 요즘 정말 안 좋거든. 좋아하는 일을 찾자고? 그건 나한텐 진짜 한가한 소리야. 그리고 나는 정말 널 좋아했는데, 한 가지가 늘 싫었어."

나는 침을 꿀꺽 삼켰다. 좋아했는데? 왜 과거형이지?

지은이 벤치에 기댔던 허리를 꼿꼿하게 세우며 계속 말했다.

"혼자 정의로운 척하는 거."

지은의 마지막 한 방은 너무 강력했다. 나는 뼛속까지 휘청거렸다.

"시험 기간마다 예상지 나눠 준 것도 그래. 정말 아이들을위한 거였어? 그래? 아이들한테 회장으로서 잘 보이고 싶었던 거 아니야?"

이제 내 영혼은 녹다운 되어 바닥에 철퍼덕 주저앉았다. 지은이 입을 다문 동안 나는 영혼에 손을 내밀었지만 영혼은 기절 상태였다. 지은에게 이런 말을 듣다니. 출구가 보이지 않는 미로에 갇혀 빙빙 돌고 있는 기분이었다.

"네 말이 맞을지도 몰라. 회장으로서 좋은 이미지를 쌓고싶기도 했으니까. 그렇지만 결과적으로는 아이들을 도왔고반 성적도 올랐잖아. 그게 나쁜 건 아니잖아."

격앙된 내 목소리가 귓가에 쟁쟁 울렸다. 나는 두 주먹을 꽉 쥐면서 차분히 하고 싶은 말을 하자고 다짐했다.

"정의로운 척하는 게 정의롭지 못한 것보다는 나은 거 아니야? 등록금 걱정하는 줄은 몰랐어. 근데 묻고 싶다. 네 말처럼 형편이 어려운 애들 전부 꿈이 없고 좋아하는 일을 무시할까? 윤지은. 친구로서 나도 오늘은 네가 좀 부끄럽다. 벌써부터 돈 이야기만 하고 먹고사는 일 걱정만 하는 네가."

내 말에 지은의 목소리는 더 차갑게 가라앉았다.

"난 부끄럽지 않아. 화가 날 뿐이야. 아무리 성적이 좋아도 등록금 때문에 인 서울을 못 할지 모른다는 게. 나보다 공부 못한 아이가 지방대라는 이유로 날 무시할지도 모른다는 게. 부모가 능력이 없으니 어학연수는커녕 토익 학원조차 내 돈으로 다녀야 한다는 게. 꿈? 그건 너처럼 배부른 애들이나 꾸는 거야."

지은은 팔짱을 끼며 나를 냉랭한 시선으로 노려봤다.

"그리고 넌 거짓말을 했어."

지은의 이 말에 나는 동작 그만 상태로 굳었다.

"동주가 너 좋아하는 건 알고 있었어. 소논문 동아리 시작할 때부터 눈치챘거든. 그렇지만 난 널 믿었어. 분명히 동주한테 관심 없다고 했으니까. 적어도 네가 나를 생각해서 동주랑은 사귀지 않을 거라고 믿었어."

나는 아무 말도 할 수가 없었다.

"나 먼저 간다."

지은이 벌떡 일어나 걸어갔다.

나는 내게서 멀어지는 지은의 뒷모습을 차마 바라보지 못
하고 고개를 푹 숙였다. 지은과 다퉜다는 사실이 실감 나지
않았다. 오랜 시간이 흘러도 실감 나지 않을 것만 같았다.

곧 방학이 끝날 텐데. 곧 개학인데. 새로운 학기가 시작되
는 게 전혀 반갑지 않았다. 지은과 아름의 얼굴을 매일 봐야
한다고 생각하니 벌써부터 가슴이 답답했다.

현수 오빠에게

얼마 전 학교에서 체험 학습 프로그램 신청을 받았어요. 이천에 도자기를
만들러 가는 친구들도 있고 가까운 영화관에 가서 문화 체험을 하는
친구들도 있었어요. 저는 홍천으로 갔어요. 독방 24시간 체험 학습에
참여하려고요.

왜 이 체험 학습에 참여했느냐고요? 오빠와 편지 주고받는 게 큰 계기가
됐고, 프로그램을 운영하기로 한 선생님의 글도 마음에 와닿았거든요.

"여러분이 사회에 나가 재능을 펼치고 훌륭한 사람이 되려면 인내심과
뚝심이 필수입니다. 독방 체험을 통해 참는 법을 배우고 자신의 내면과
대화하는 방법을 익히기를 바랍니다."

3학년 선배 네 명, 2학년 선배 열여섯 명, 1학년 열 명이 버스를 타고
홍천으로 갔어요. 우리는 수련원에서 나눠 준 푸른색 옷으로 갈아입고

강당에 모여 자기소개를 하고 참여 동기를 발표한 뒤 명상법을 배웠죠.

수련원에는 30개의 독방이 있었어요. 두 명이 누우면 꽉 찰 정도로 작은 방이었어요. 독방 문이 철컥, 하는 소리와 함께 잠겼어요. 독방 안에는 노트와 필기도구, 색연필, 녹차가 있었지만 전자 기기, 휴대폰, 책은 갖고 들어갈 수 없었어요. 참선하는 가부좌 자세로 앉아 멀뚱멀뚱 창밖을 바라봤더니 해가 뉘엿뉘엿 지는 광경이 어렴풋이 보였어요.

오후 6시에 배식구가 열리고 셰이크와 구운 고구마가 들어왔어요. 바나나와 아몬드를 갈아 만든 셰이크는 맛이 괜찮았지만, 저녁이라고 하기에는 양이 턱없이 부족했죠. 적게 먹고 몸을 비우는 것도 체험 학습의 일부분이었어요.

늦은 밤까지 저는 오롯이 혼자였어요. 친구도, 부모님도, 선생님도 곁에 없고 일상을 자잘하게 채우던 소음마저 존재하지 않았어요. 노트에 끊임없이 생각을 적어 내려갔어요. 저 스스로를 반성하기도 하고, 칭찬하기도 하고, 제가 품은 꿈들을 돌아보기도 하고, 잠깐이지만 오빠 생각을 하기도 했어요. 얼마나 시간이 흘렀을까요. 자야 할 시간이 되어 소등이 됐는데도 잠이 오지 않았어요. 이상하게도 생각은 점점 더 증식하기만 했죠. 정말 미칠 것처럼 잡다한 생각들이 가지를 치며 뻗어 나갔어요.

새벽 6시. 기상 음악이 울렸어요. 저는 천천히 자리에서 일어나 무릎을 꿇었어요. 두 손을 기도하듯 모으고 바닥에 고개를 댔어요. 상체를 완전히 엎드리고 오직 한 가지 생각만 했어요.

제발, 나에게서 벗어나게 해 주세요.

나는 대체 누구일까. 나를 이루는 핵심은 무엇일까. 나라는 사람은 대체 어떤 존재이길래 이토록 욕심이 많고 사람들에게 인정받으려고 안간힘을 쓰고 친구에게 상처를 주고야 말까. 나라는 사람이 지겨워요. 아주 지긋지긋해요. 나라는 완고한 틀에서 좀 벗어나고 싶어요.

그 좁은 곳에 갇혀 있는 동안 깨달았어요. 나 자신을 가장 괴롭힌 사람은 바로 나였다는 걸. 내가 나의 이미지, 평판, 외적인 평가에 휘둘리는 동안 내 안의 진짜 나는 외롭고 힘들었다는 걸. 완벽해야 한다는 마음 때문에, 실수하면 안 된다는 생각 때문에 잡다한 생각이 끝이질 않았고, 그 잡다한 생각을 하느라 정작 중요한 생각을 할 기운이 없었다는 걸.

고작 하루 이런 체험을 하고 오빠가 그곳에서 겪는 일들을 알 것 같다고 말할 수는 없을 거예요. 그렇지만 이 체험을 하고 나니 오빠가 한결 더 가깝게 느껴지는 건 사실이에요.

수련원을 나올 때 가석방 증명서를 받았어요.

'나 자신과 세상을 이롭게 하겠습니다.'

그 증명서를 두 손으로 받으며 한 가지 소원을 빌었어요. 오빠가 얼른 가석방되면 좋겠다.

민서현 드림

네 편지를 읽고 깊은 생각에 빠졌어. 나 자신을 가장 괴롭힌 사람은 바로 나였다는 문장을 읽는데 마음이 좀 아팠어. 예전에 네가 그랬지. 남의 시선보다 네 생각이 중요하단 걸 알면서도 자꾸 흔들린다고.

확신했다가 의심하고 나를 믿다가 믿지 못한다고. 그런데 그거 당연한 거 아닐까? 우린 아직 어른이 아니잖아. 그렇게 계속 흔들리면서 성장해 가는 게 맞는 거 아닐까?

나를 이해하기 위해 독방 체험 프로그램에 참여하다니. 감동이다. 수련원을 나올 때 받았다는 가석방 증명서 이야기에서는 가슴이 울렁거렸어. 언젠가는 나도 이곳을 나가겠지. 가석방이 되고 바깥세상에 적응해야 하는 날이 오겠지.

그런데 너도 알겠지만 내 가석방은 아직 한참이나 남았어. 나는 성인이 되면 이곳을 떠나 어른들을 수강하는 교도소에 가게 될 거야. 그리고 스물다섯 살이 되어야 교도소를 나갈 수 있겠지.

나는 사람을 죽였어. 너도 다큐멘터리를 봤으니 알고 있겠지. 그 일을 털어놓을 때가 된 것 같아. 어떤 말로 그 이야기를 시작해야 할까. 정말 죽을 만큼 이 일을 네게 털어놓고 싶지 않은 나와, 이 일을 털어놓지 않으면 안 된다는 걸 누구보다 잘 알고 있는 내 안의 또 다른 내가 얼마나 오랜 시간을 내 안에서 싸우고 할퀴고 다투었는지.

아버지가 죽고 할머니와 사는 동안 나는 외로웠어. 할머니는 폐지 주우러 다니느라 바빠서 나는 늘 혼자였어. 어느 날부터 동네에서 담배 좀 피우고 논다는 형들이 내 주변을 어슬렁거렸어. 한없이 가볍고 밝은 목소리로 툭툭 말했지.

"현수야, 같이 놀자."

처음에는 먹을 것도 사 주고 잘해 줬어. 형들이 내밀어서 담배도 피우고 소맥도 마셨어. 본드를 하는 형도 있었는데, 난 그건 안

하겠다고 단호하게 말했어. 그냥 왠지 그래야 할 것 같았어.

리더라고 해야 하나. 하여튼 무리 중 가장 나이 많은 형이 어느 날 내 목에 와락 헤드록을 걸면서 짓궂게 말했어.

"현수야, 우리 현수야. 형 부탁 하나 들어줘야겠는데?"

오토바이를 훔쳐서 자기한테 가져오라고 했어. 내가 못 한다고 하자 형은 인상을 잔뜩 찌푸리며 담배를 입에 물었어.

"그동안 네가 피운 담배, 처먹은 술값, 어쩔 건데?"

내가 조금씩 갚겠다고 말하자 형이 침을 바닥에 퉤, 뱉고는 내 머리카락을 움켜쥐었어. 형의 손아귀에 고개가 뒤로 확 젖혀졌어.

"갚아? 폐지 주워서 어느 세월에? 이 씹새끼가 은혜를 모르네."

형이 뺨을 세게 내리쳤고 내 얼굴은 그대로 돌아갔어. 형이 눈짓을 보내자 다른 형들이 우르르 내게로 몰려들었어. 형들 손에는 전부 담배가 들려 있었어. 리더 형이 나를 단단히 붙들더니 담뱃불을 손등에 갖다 댔어. 살이 타는 냄새가 났고 나는 고통에 몸부림쳤어. 그건 시작에 불과했어. 곧 온몸에서 연기가 피어올랐어.

오토바이를 훔쳤어. 할머니가 정말 힘들게 일해서 모은 비상금까지 훔쳐서 바쳤어. 그래도 형들은 만족하지 못했어.

"오늘은 새로운 미션."

리더 형이 싱글벙글 웃었고 나는 불길한 예감에 손이 덜덜 떨렸어.

"요새 지랄맞게 깝치는 새끼가 하나 있어서 혼 좀 내야겠어. 안 그러냐, 현수야?"

안 그러냐, 현수야? 이게 최선이냐, 현수야? 더 맞고 싶은 거냐,

현수야? 현수야, 현수야, 현수야……. 리더 형은 말끝마다 내 이름을 불렀어. 나는 아직도 자다가 악몽을 꿔. 악몽에서 나는 그 형의 목소리를 듣곤 해. 지금 잠이 처 오냐, 현수야?

불을 지르라고 했어. 자기들이 확인해서 집에 사람이 없는 건 분명하니까 나는 그냥 불만 놓으면 된다고 했어. 내가 우물쭈물 대답조차 못 하고 망설이자 리더 형은 실실 쪼개면서 이렇게 말했어.

"못 하겠어, 현수야? 네가 안 하면 너희 할머니가 다칠 텐데?"

"형, 제발."

"할머니 다치는 꼴 보고 싶어?"

리더 형이 손으로 자기 목을 긋는 시늉을 하며 두 눈을 무섭게 부라렸어. 나는 하겠다고 했어. 무조건 하겠다고 했어.

리더 형이 챙겨 준 라이터와 신문지를 들고 나는 그 집까지 걸어갔어. 야심한 시각, 나는 내가 무슨 짓을 저지르고 있는지, 그 뒤에 어떤 일들이 나를 기다리는지 알지 못하는 멍청한 곰탱이였어.

사람이 한 명 죽었어. 방화범으로 내가 잡혔고, 범행을 지시한 형이 긴급 체포됐어. 수갑을 찬 리더 형은 완전히 다른 사람이었어. 나를 보고 실실 웃지도 않았고 욕을 하지도 않았어. 순한 양처럼 형사들 말을 고분고분 잘 들었지.

몰랐어. 그 형이 그렇게 잘사는 집 아들인 줄. 형네 부모가 최고 변호사를 선임한 것도, 비싼 변호사는 있는 죄도 없앨 수 있다는 것도. 범행을 지시한 사람만큼이나 범행을 실행한 사람의 잘못이 중하다는 것도 몰랐어. 나는 아무것도 모른 멍청이였어.

할머니를 위해 저지른 일이니까 자책하지 말라고 말해 주는 친구도 있었지. 그렇지만 난 형들이 위협해서 무서웠던 게 아니야. 다시 혼자가 될까 봐 무서웠어. 형들은 날 괴롭히고 이상한 일들을 시켰지만 유일하게 나랑 놀아 준 사람들이었으니까. 멍청했던 그때의 나는 형들과 시시덕거리며 아무 생각 없이 웃고 돌아다니는 게 좋았으니까.

여름이 다 가 버렸지. 아침저녁으로 선선한 바람이 불어. 여기에서는 계절의 변화를 잘 느낄 수밖에 없어. 여름이 아닌 모든 계절이 추위와 싸우는 시간이라서, 여름이 오고 가는 것에 모두 무척 예민해.

엄마와 마지막으로 스파게티를 먹은 날이 다가와. 초가을이었거든. 유독 이맘때가 되면 마음이 약해져. 엄마는 지금 어디에 살고 있을까. 엄마는 잘 살고 있을까. 엄마는 왜 나를 보러 한 번도 오지 않는 걸까. 그렇게 헤어진 뒤로 엄마는 내가 한 번도 보고 싶지 않은 걸까.

아무도 나를 그리워하지 않는다고 생각하면 가슴이 먹먹해져. 아버지처럼 간단하게 세상을 뜨면 편하지 않을까. 그곳에 가면 아버지가 날 반겨 주지 않을까.

이곳에서 살아온 시간보다 살아갈 시간이 더 많은데, 내가 그 시간을 잘 견딜 수 있을까. 내가 여기에서 보내야 하는 앞으로의 시간이 쌓여 거대한 산이 되고, 그 산이 매 순간 나를 짓눌러. 그래도 나름 잘 버텨 왔다고 생각했는데 서늘한 바람이 불자마자 자신이 없어진다. 이렇게 나약한 소리를 늘어놔서 미안하다.

9월 17일

인생은 원래 외로운 거잖아

지은과 싸운 걸 아무한테도 들키고 싶지 않아 점심시간에 음악실로 갔다. 음악실 문을 열고 전등을 켜는데 한 아이의 실루엣이 눈에 들어왔다. 음악실 맨 끄트머리에 앉아 두 팔에 얼굴을 묻고 있는 아이. 어떤 소리도 듣고 싶지 않다는 듯 귀에서 이어폰을 빼지 않는 아이. 아름이었다.

지은을 피하려고 왔더니 아름이라니. 아름이 깨지 않도록 살며시 전등 스위치를 내리는 순간 아름이 스르륵 일어났다.

"뭐야."

나는 아름이 나를 알아보지 못하기를 바라면서 서둘러 음악실을 빠져나오려 했다.

"민서현?"

이런 젠장. 하마터면 입 밖으로 욕을 뱉을 뻔했다.

"미안. 누가 있는지 몰랐어."

"잠깐 시간 있어?"

아름의 몽롱한 목소리가 음악실에 울려 퍼졌다. 다시 음악
실에 불을 밝히고 아름이 앉은 긴 의자 반대편에 엉덩이를
살짝 걸쳐 앉았다.

아름은 뜸을 들였고 나는 잠자코 기다렸다. 불렀으면 말을
해야 할 거 아니야. 배에서 꼬르륵 소리가 났다. 점심을 굶는
건 진짜 오랜만이었다.

"지난번엔 미안했어."

아름이 나직이 말했다. 교실에서 얘기할 때는 몰랐는데 소
리가 울리는 음악실에서 들으니 아름의 목소리는 꽤 아름다
웠다. 고혹적이고 부드럽고 분위기가 있다고나 할까.

"내가 원래 좀 그래. 곱게 말하는 법을 잘 몰라. 가족 내력
인가 봐."

"나도 미안해. 너를 딱히 불편해한 것 같진 않은데 그래도
네가 그런 감정을 느꼈다면 내가 잘못 행동한 거니까."

"난 혼자가 편해."

아름은 손가락으로 이어폰을 빙글빙글 돌렸다.

"외롭진 않아?"

잠시 고민하다가 용기 내어 물었다.

"별로. 인생은 원래 외로운 거잖아."

아름이 더 낮은 목소리로 말하자 약간 허스키한 소리가

났다. 그렇지. 인생은 원래 혼자 가는 거지. 그것도 맞는 말이지만 그래도 가끔은 혼자보다는 둘이, 둘보다는 셋이 가는 게 재밌지 않나.

"난 진짜, 애들 우르르 화장실 몰려가는 게 싫더라."

아름의 말에 나는 빵 터지려는 웃음을 간신히 참았다.

"왜 꼭 화장실에 같이 가 줘야 하냐고. 그거 인생에 큰 낭비 아니니?"

헐, 고작 그런 이유 때문이었니? 아이들이랑 화장실에 같이 가고 싶지 않아서 스스로 왕따가 되는 길을 택한 거였니?

"혼자 다니는 게 처음도 아니고."

이어폰을 돌리던 아름의 손이 멈췄다.

"중학교 때 소문이 났거든. 내가 여자 좋아한다고. 그때부터 죽 왕따였어."

아름이 고개를 살짝 숙이며 시선을 내리깔자 짙은 속눈썹이 유난히 더 길어 보였다. 속눈썹이 저렇게 길 수도 있구나. 무슨 생각이 났는지 아름은 번쩍 고개를 들더니 어깨를 으쓱했다.

"내가 혼자 다닌다고 누가 꼰질렀나 봐. 담임이 우리 아빠를 불렀다네. 아빠가 뭐라 그랬는지 알아?"

나는 대답 대신 고개만 절레절레 저었다.

"저도 학교 다닐 때 일부러 친구를 사귀지 않고 공부만 했습니다. 친구는 나중에 사귀어도 된다고 생각합니다."

아름이 남자 목소리로 흉내를 내더니 키득대며 웃었다.

"담임 완전 당황했겠지. 왜들 그렇게 쓸데없이 오지랖이 넓은지 몰라. 너도 그렇고 담임도 그렇고, 참 피곤하겠어."

나는 그저 말없이 미소 지었다.

"수업 시간에 뭘 그렇게 끼적여?"

고개를 돌리며 아름에게 물었다.

"그건 또 어떻게 알았대?"

"열심히 뭘 쓰길래. 선생님을 전혀 보지 않으니 필기하는 건 아닌 것 같고."

아름이 정면을 응시했다. 음악실의 허공에 둥둥 떠다니는 어떤 존재를 보는 것처럼 뚫어져라 한곳을 쳐다봤다.

"시 쓰는 거야."

아름의 목소리가 조금 잦아들었다.

"시? 시인이 되고 싶은 거야?"

"글쎄, 그건 아직 모르겠어. 다만 내가 아는 건 시가 좋다는 거야. 시를 쓰는 것만으로도 나는 완전해지거든."

완전해진다. 기분이 이상했다. 그저 한 단어를 들었을 뿐인데, 그 단어에 담긴 여러 의미와 형상이 열매처럼 우수수 바닥으로 떨어지는 느낌. '완전'이라는 단어를 들었을 뿐인데 동주 생각이 났다. 영화가 끝났을 때 동주가 기다란 몸을 쭉 펴는 모습이 생각났고 물을 마실 때 움직이던 동주의 목울대가 생각났고 내 손을 잡은 동주의 보드랍고 따뜻한 손이 생각났다.

"멋진 말이다."

"그렇지? 그 느낌 끝내줘. 시만 있으면 배부른 느낌. 내 세계가 완성되는 느낌. 이 구질구질한 세계에서 벗어나 나만의 세계로 건너가는 느낌이거든."

그랬구나. 아름은 혼자가 아니었구나. 아름에게는 시가 있었구나. 그래서 아름은 혼자여도 외롭지 않고 점심을 먹지 않아도 배부를 수 있는 거구나. 나는 왠지 아름과 조금 가까워진 기분이 들었다. 이것 역시 나만의 착각일 수 있지만.

"애인 있어?"

괜한 질문을 던졌다는 후회가 바로 밀려들었다. 나는 잽싸게 덧붙였다.

"대답하기 싫으면 안 해도 괜찮아."

"아직 없어. 좋아하는 애는 있지만."

"있어? 우리 학교에?"

아름이 긴 둘째 손가락을 자기 입술에 갖다 댔다.

"쉿, 노코멘트."

어느새 나도 손가락을 입술에 대며 따라 하고 있었다. 그러는 나를 아름이 물끄러미 들여다봤다. 아름의 검은 눈동자가 흔들림 없이 내 얼굴을 바라보고 또 바라봤다. 나를 꼼꼼히 탐색하는 듯했다.

나는 이타적이고 남을 잘 챙기는 민영을 닮고 싶었다. 사람은 사회적 동물이니 더불어 잘 살아야 한다고 믿었다. 그런데 그 생각 또한 고정관념 아니었을까. 나만의 고정관념으로 사람을 마음대로 평가하고 재단한 건 아니었을까. 시를 쓰면서 당당하게 혼자의 시간을 즐기는 아름을 보니 멋있다는 생각이 들었다. 아름은 자기 자신만 생각하는 사람이 아니었다. 그저 자기 것을 잘 지키고 싶은 사람이었다.

수업 시작종이 울렸다. 아름은 인사도 없이 이어폰을 챙겨 음악실을 나섰다. 나는 음악실 불을 끄고 복도를 내달렸다.

현수 오빠에게

오빠 편지를 읽자마자 펜을 들었어요. 글씨가 좀 엉망이어도 이해해주세요.

공범이 어이없이 풀려났다는 건 알았지만, 그 공범이라는 사람한테 오빠가 오랜 시간 괴롭힘과 협박을 당했다는 건 전혀 몰랐어요. 돈이 많다는 이유로, 좋은 변호사를 선임했다는 이유로 쓰레기 같은 인간은 풀려나고 모든 죄를 오빠만 뒤집어쓰다니. 화가 나서 편지를 읽는 내내 두 손이 덜덜 떨렸어요.

범행을 직접 저지른 사람에게는 당연히 잘못이 있는 거겠죠. 그렇지만 범행을 지시하고, 시키는 대로 하지 않으면 할머니를 죽이겠다고 협박한 사람에게도 당연히 죄를 물어야 하는 거 아닌가요? 어떻게 그 사람은

버젓이 사회에 돌아다니게 놔두고 협박에 못 이겨 방화한 오빠에게만
살인죄를 묻죠? 오빠한테 벌어진 불공정한 일에 너무 화가 나요.

　오빠. 어머니와 먹은 오븐스파게티, 나랑도 꼭 먹으러 가요. 오빠가 언제
출소하든 우리 꼭 세상에서 가장 맛있는 스파게티 먹으러 가요. 오빠가
스물다섯이어도 좋고 서른 살이어도 좋아요. 그게 무슨 상관이에요. 저는
기다릴 수 있어요. 무슨 일이 있어도 기다릴 테니까 오빠도 이 약속 잊지 말고
꼭 지켜요. 알았죠?

　잠깐 우울할 수도 있고 기분이 가라앉을 수도 있어요. 유독 기분이
다운되는 계절도 있죠. 오빠한테는 그게 가을인 모양이에요. 조금 버티다
보면 신기하게도 다시 기분이 나아지는 순간이 와요. 그러니까 나약해도
되고 볼품없어도 좋으니까 계속 나한테 편지해요. 나쁜 생각 하지 말고요.
알았죠?

　오빠한테 힘이 되어 주고 싶은데 어떻게 해야 할지 몰라 너무 답답해요.
다시 혼자가 될까 봐 무서웠다는 오빠 말이 자꾸 가슴을 아프게 해요.

민서현 드림

봄비를 머금은 땅처럼

　　지은은 소논문 결론을 보내지 않았다. 마감이 내일인데 연락조차 없었다. 오늘도 꼬박 밤을 새워야 할 것 같은 예감이 들었다.

> 서현아, 지은이가 결론 안 보냈어?

> 내가 쓰려고. 지은이한테 사정이 있어.
> 이해해 줘.

> 사정 없는 사람이 어디 있어. 지은이 그렇게 안 봤는데
> 좀 너무하네.

오오, 너 지금 화내는 거야? 대박.
너 화내는 거 직접 보고 싶다.

지금 당장 달려갈까?

됐어. 나 결론 써야 해. 바빠.

지은에게 먼저 연락할 용기가 도저히 나지 않았다. 이유가
어찌 됐든 내가 거짓말한 건 사실이고, 친구에게 거짓말을
하는 건 잘못이니까.

지은과 다투고 나니 비로소 보이는 것들이 있었다. 국어
학원에서 지은을 만나고 오랜 시간 친하게 지냈지만 지은이
어떤 일로 아파하고 고민하는지 잘 몰랐던 것 같다. 지은의
수학 점수를 부러워하기 바빴지 지은이 자기 몸에 쏟아지는
시선에 아파한 줄도, 어려운 형편 때문에 지방대를 고민 중
인 줄도 몰랐다. 미안했다. 지은의 마음을 더 들여다보려고
애썼어야 하는데 그러지 못해서. 동주 일로 지은에게 상처를
주고야 말아서.

동주가 보낸 본론을 바탕으로 결론을 쓰려는데 메일 도
착음이 울렸다. 지은이었다. 크게 안도의 한숨을 내쉬며 지
은이 보낸 메일을 열어 보았다. 지은이 쓴 결론을 읽어 내려
갔다. 지은이 최선을 다해 결론을 썼다는 것을 알 수 있었다.

지은이 보낸 결론까지 모아 한 호흡으로 전체 수정을 시작했다. 그래야 여러 사람이 쓴 티가 덜 날 테니까. 지금이 새벽 1시니까 3시쯤 잘 수 있으려나?

완성한 글을 출력하는 동안 동주에게 문자를 보냈다.

> 지은이가 결론 보냈어. 방금 전체 수정 끝났어.

고생했어.

> 응. 이제 자야겠다.

서현아, 잠깐 나올 수 있어?

동주가 우리 집 근처까지 왔다는 말 같았다. 일교차가 심한데 집에 있지. 나는 투덜대며 옷을 걸치고 나갔다.

아파트 정문에 서 있는 동주가 보였다. 동주에게 손을 흔들며 걸어갔다. 동주도 내 쪽으로 성큼성큼 걸어왔다.

"기어이 왔……."

말이 끝나기도 전에 동주의 팔이 나를 확 끌어당겼다. 가을의 맑은 밤공기가 살랑이며 다가왔다. 동주가 한 손으로 내 머리를 곱게 감싸 쥐었다. 내 머리는 동주의 가슴에 안겼고, 동주의 심장 소리인지 내 심장 소리인지 구분할 수 없는 쿵쾅거림이 귓속을 파고들었다. 자기 집부터 줄곧 달려왔는지 동주는 가늘게 가쁜 숨을 몰아쉬고 있었다.

새벽의 밤거리는 고요했고 동주의 품은 따뜻했다. 은은한 빛을 내는 달이 손에 잡힐 듯 가까이 있었다.

"따뜻해."

내가 고개를 올리며 말했다. 내 목소리를 듣고 동주는 더 꽉 나를 안았다. 동주의 마른 몸이 생생하게 느껴졌다.

내 이마가 동주의 목에 닿았다. 까치발을 하고 동주에게 더 가까이 다가가자 향긋한 냄새가 났다. 부드러운 냄새가 정신없이 후각을 채웠다. 곧 숨이 막힐 것처럼 정신이 아득해졌다. 동주를 처음 만난 순간부터 지금까지의 시간들이 차례로 눈앞을 스쳐 지나갔다.

동주가 부드러운 손길로 내 등을 쓸어내렸다. 내가 동주에게서 몸을 떼자 동주가 두 팔로 내 팔을 다시 잡았다. 달빛을 머금은 동주의 눈이 유난히 빛났다. 나는 동주의 눈에 가득 들어찬 나를 발견했다. 전율에 가까운 소름이 등을 타고 죽 내려갔다. 동주가 그윽한 눈길로 나를 내려다보았고 동주와 내 입술은 가까웠다.

나는 눈을 질끈 감으며 동주에게 다가갔다. 까치발을 힘껏 딛고 동주의 입술에 내 입을 맞췄다. 쿵쾅거리는 심장 소리가 내 귓가에 들렸다. 동주가 입을 벌려 내 아랫입술을 부드럽게 물었다. 가을이면 갈라지는 내 입술이 봄비를 머금은 땅처럼 금세 촉촉해졌다.

같이 화내 줘서 고마워. 오늘은 문득 너한테 너무 받기만 하는 것 같다는 생각이 든다. 나도 네게 무언가를 줄 수 있는 사람이고 싶은데 아무리 돌아봐도 줄 게 없네.

범행을 지시한 리더 형을 원망했었지. 밤마다 그 순간으로 돌아가는 상상을 했어. 형들의 꼬임에 넘어가 불을 붙이려는 나를 미친 듯이 뜯어말리고 싶어서. 빈집이라는 형의 말만 믿고 사람이 있는 곳에 불을 지른 내 손을 싹둑 자르고 싶어서. 하지만 지금은 그 형을 원망하고 싶지 않아. 형의 협박에 넘어간 사람도 나고, 불을 지른 사람도 결국 나니까.

다 내 잘못이야. 누구도 탓하고 싶지 않다. 가족을 잃은 피해자의 마음을 한시도 잊지 않고 가슴에 새기고 있어. 내 목숨이 다할 때까지 그럴 거야. 그게 내 죗값이니까. 나는 그 죗값을 달게 받을 거야.

보육원에서 나온 뒤로 형이랑 연락이 안 된다는 내 친구 기억해? 그 친구가 곧 출소해. 친구는 절도와 폭행죄로 들어왔어. 곧 자유의 몸이 된다는 건 어떤 기분일까? 내가 물었더니 녀석은 심드렁하게 말했어.

"4년 동안 어떻게 보면 이곳의 틀에 갇혀 지낸 거잖아. 그게 완전 몸에 뱄는데 바깥세상에 잘 적응할 수 있을까? 가족이랑 다시 예전처럼 지낼 수 있을까? 형의 연락처를 찾을 수 있을까? 기쁘기도 한데 기쁜 만큼 자꾸 걱정이 밀려드네. 솔직히, 나가서 뭘 해야 할지 아직 모르겠어. 적성 검사랑 진로 상담을 몇 번이나 했는데도 잘 모르겠더라고."

그래도 난 네가 부럽다고, 형과 연락도 될 거고 괜찮은 일도 찾을 수 있을 거라고 격려해 줬어. 그랬더니 녀석이 슬픈 눈빛으로 날 바라봤어.

"나가면 색안경 끼고 보겠지. 빵 갔다 온 놈이라고 차별할 수도 있고. 그건 각오하고 있어."

출소가 가까워질수록 친구는 시간이 더 느리게 간다고 했어. 그 말이 무슨 뜻인지 알 것 같아. 그렇지만 친구가 불안해하면서 더디게 흘러가는 시간을 견디는 모습마저 나는 부러운 눈길로 바라봤지.

친구와 마지막 악수를 하며 나는 속으로 빌었어. 친구가 형의 연락처를 꼭 찾기를. 형과 식당에 마주 앉아 세상에서 가장 맛있는 짜장면과 탕수육을 먹기를. 친구가 색안경을 끼고 자신을 바라보는 시선에 주눅 들지 말고 당당히 자기 몫의 삶을 살아 내기를. 훗날 내가 출소하면 녀석과 웃으며 악수할 수 있기를. 그런 날이 내게 오기를.

친구가 마지막 밤을 보내러 소년 희망실로 갔어. 또 한 명의 친구를 세상으로 보내는 밤이야. 어째서 헤어짐은 아무리 반복하고 반복해도 익숙해지지 않을까. 앞으로 얼마나 많은 친구들이 내 곁을 떠나는 걸 봐야 나도 세상으로 나갈 수 있을까. 오늘 밤도 이렇게 잠을 못 이루고 있어.

출소하는 친구를 보니 오늘은 유난히 할머니 생각이 많이 났어. 할머니는 치매가 심해져서 환각과 망각에 시달리는데도 나를 또렷이 기억하고 계셨지. 할머니의 쭈글쭈글한 얼굴과 할머니에게 얼마 남지 않은 시간과 할머니의 작은 몸이 자꾸 떠오른다. 내가 얼른 나가 할머니 손을 잡아 줘야 할 텐데. 할머니가 건강하시기를. 그리고 서현이 네게도 좋은 일만 가득하기를.

10월 14일

굿바이 열일곱

눈 깜짝할 사이 가을이 지나갔다. 지은과는 몇 달 동안 계속 냉전 중이었다. 지은과 나는 어떤 무리에도 속하지 못하고 겉돌았다. 지은은 혼자 급식실로 갔고, 나는 점심을 굶거나 빵을 사서 아름과 함께 음악실에서 먹었다. 아름이 추천해 준 시를 읽기도 했다.

그래도 내 상황이 더 나았다. 기말고사 기간에 접어들자 질문하러 오는 애들이 많았고, 아무래도 나는 1학기 때 회장을 한 덕분에 아이들과 두루 친한 편이었다. 지은은 아름처럼 혼자 다녔는데 편해 보이지 않았다. 지은이 마음만 먹는다면 어떤 무리에든 낄 수 있을 텐데도 지은은 고집스럽게 혼자 다녔다. 나는 혼자 다니는 지은의 뒷모습을 힐끗거렸다.

중학교 때 지은과 국어 학원을 함께 다녔다. 학원에서 우리는 현대 소설을 꽤 많이 읽었다. 소설 전문을 읽고 나면 선생님이 소설을 자세하게 분석하는 방법으로 수업이 진행됐다. 지은은 이범선의 「오발탄」을 참 좋아했다. 전쟁의 상흔에 휘청대는 철호와 철호 가족의 우울한 이야기를 좋아했다. 나는 김승옥의 「서울 1964년 겨울」처럼 세련되고 도시적인 소설을 좋아했다.

"대체 이 소설이 왜 좋아?"

"그냥 좋아."

"우울하잖아."

"그래서 좋은데?"

지은이 무심한 말투로 대꾸했다.

나는 우울한 소설을 좋아하는 지은의 특이한 취향을 잘 이해하지 못했다. 왜 그렇게 우울하고 암울한 소설만 좋아하는지 물어보지 않았다. 그때 지은에게 세심하게 관심을 기울였더라면 지은의 걱정이나 고민을 알 수 있지 않았을까. 그랬더라면 지은과 이렇게 다투지 않을 수 있었을까.

2교시가 끝나면 나는 교탁 앞으로 나가 아이들과 함께 하체 운동을 했다. 지난 중간고사부터 시작했는데, 처음에는 나를 좋아하는 친구들 몇 명만 따라 했다. 일단 내 강압에 못 이겨 동작을 따라 하면서도 친구들은 끊임없이 투덜거렸다.

"대체 이걸 왜 해야 한다고?"

승연이 팔을 앞으로 뻗은 뒤 무릎을 굽히며 물었다.

"여자는 하체가 튼튼해야 한다잖아."

소원이 이를 악물며 스쿼트 자세를 유지했다.

"그러다가 너희 말 허벅지 되면 어쩌려고?"

유리는 껌을 씹으며 교탁에 몸을 기댄 채 우리를 바라보기만 했다.

"허벅지가 굵어야 한다니까."

나는 유리의 말에 발끈했다.

"누가 그래?"

고운이 지나가는 길에 안경을 쓱 올리며 따졌다.

"허준 선생님이."

"하, 허준?"

고운이 기가 차다는 듯한 표정을 짓자 소원이 끼어들었다.

"아, 나 알아. 『동의보감』 쓴 사람이잖아."

"고2 올라가면 결국 체력 싸움이래. 체력만 있으면 성적은 저절로 오르지 않겠어?"

성적 이야기가 나오자 고운이 입을 비죽거리면서도 관심을 보였다.

"그러니까, 허벅지가 튼튼해야 체력이 좋아진다, 이 말이지?"

"그렇지. 생리통 심한 사람 손 들어 봐."

무릎을 굽힌 스쿼트 자세로 내가 물었다. 내 숨이 조금씩 거칠어지고 있었다.

"나!"

소원이 간신히 손을 올렸다.

"나도."

승연은 손을 올릴 정신조차 없는지 입으로만 대답했다. 스쿼트 자세를 유지하느라 땀을 뻘뻘 흘렸다.

"난 진통제를 다섯 알이나 먹어."

유리가 우울한 목소리로 말했다. 그러고는 한숨을 내쉬며 손가락으로 껌을 길게 늘였다.

"자궁 순환이 문제인 거야. 많이 걷고 하체 운동을 하면 생리통이 줄어든대."

내 말에 고운이 실눈을 뜨며 다시 물었다.

"『동의보감』에 그렇게 적혀 있다는 거지?"

"그렇다니까."

나는 코로 숨을 들이마시고 입으로 천천히 내쉬며 다시 스쿼트를 했다. 수업 시작종이 울렸다. 우리는 숨을 헐떡이면서 자리로 돌아갔다.

이튿날 고운이 하체 운동에 합류했고, 또 그 이튿날에는 유리가 합류했다. 그렇게 한 명씩 늘어나서 시험 전 주에는 반 아이들 절반 정도가 하체 운동을 했다. 이번에도 소원의 발언이 지대한 영향을 끼쳤다.

"대박, 나 이 운동 하고 생리통이 줄었다니까."

이 말이 기폭제가 되어 아이들은 쉬는 시간마다 자발적으로 스쿼트를 하거나 복도 계단을 오르내렸다. 점심을 먹고 남는 시간에는 운동장까지 나가 한 바퀴 돌고 오는 아이들도 있었다. 소원처럼 생리통이 줄어들었다는 아이도 있고 땀을 흘리고 나면 스트레스가 풀린다는 아이도 있었다. 나를 라이벌로 생각하는 고운은 공부할 때 집중력이 높아졌다고 했다. 그렇지만 지은과 아름은 여전히 내가 무엇을 하든 상관없다는 뚱한 표정으로 쉬는 시간을 보냈다.

시험 마지막 날 아침, 나는 지은이 없는 틈을 타 지은의 책상 위에 영어 예상 문제지를 놓고 돌아왔다. 내가 뽑은 문제들이 지은에게 도움이 되기를 바랐다.

시험이 다 끝나고 화장실에 갔다 왔는데 영어 예상 문제지가 내 책상 위에 놓여 있었다. 맨 위에 적힌 지은의 글씨체가 눈에 들어왔다.

'토요일 저녁 8시에 공원 돌다리 위에서 봐.'

토요일 저녁, 지은과 함께 자주 갔던 공원으로 나갔다. 추운 날씨에도 산책하는 사람들이 꽤 있었다. 강아지와 함께 산책하는 여자를 따라 길을 걷다가 다리 쪽으로 방향을 틀었다. 길지 않은 다리 중앙으로 천천히 올라가 얕게 흐르는 하천 물을 내려다봤다. 고개를 들자 꽉 찬 보름달이 외로이 나를 내려다보고 있었다. 손이 시려 주머니에 손을 넣었다.

얼마나 그러고 있었을까. 휴대폰을 꺼내 시간을 확인하는

데 지은이 보였다. 지은은 다리 끝에 서서 나를 바라보고 있었다. 나는 발을 뗐다. 한 걸음, 그리고 또 한 걸음. 그렇게 천천히 지은에게 나아갔다. 잠시 머뭇거리던 지은도 내 쪽으로 걸어왔다. 지은과 나 사이의 거리가 서서히 좁혀졌다.

"다리 중앙으로 다시 갈까?"

지은이 말했고 나는 고개를 끄덕였다. 우리는 내가 방금까지 서 있던 다리 중앙으로 말없이 걸어갔다.

"난 여기가 좋더라."

지은이 읊조리듯 말했다.

"알아. 딱 중앙이라야 달이 잘 보인다며."

"오, 역시 민 회장. 기억력 참 좋아."

지은이 아무렇지 않게 나를 '민 회장'이라고 불렀다. 그러자 지은과 나 사이에 있었던 그동안의 일들이 모두 거짓말처럼 느껴졌다. 우리는 한 번도 다투지 않은 사람처럼 나란히 서서 달을 올려다봤다.

"영어랑 국어, 새 학원 다녀?"

"아니. 당분간 쉬기로 했어. 학원비도 비싸고."

"그랬구나."

우리는 다리 난간에 두 팔을 걸쳤다. 공원 안쪽에서 찬 바람이 불어왔다.

"그 하체 운동 말이야. 정말 효과 있어?"

지은이 불쑥 물었다.

"너도 해 보고 싶지?"

"나야 뭐, 그런 운동 안 해도 하체가 튼실하긴 하지."

지은이 자기 허벅지를 손바닥으로 탁 내려쳤다.

"허준 샘이 말하시길, 허벅지의 힘이 곧 그 사람의 에너지이고 신장의 건강이다. 신장이 건강해야 몸 전체가 건강하다. 그러니까 너 절대 다이어트하지 마."

지은은 아무 대답 없이 달을 한참 쳐다봤다. 달빛이 물든 지은의 입가에 작은 미소가 피어났다.

"입만 열면 『동의보감』 타령하는 열일곱 살짜리는 전국에 너밖에 없을 거다."

"그럴까? 한 명쯤은 더 있지 않을까?"

마음이 점점 환해졌다. 지은이 자기만의 방식으로 내게 사과를 건네고 있다는 걸 나는 알아차렸다. 지은과 다시 예전처럼 친해지기는 힘들지도 모른다. 그렇지만 지은과 이렇게 평퐁처럼 대화를 나누는 지금 이 순간이 그저 좋았다.

"좋아하는 일을 미친 듯이 하면 굶어 죽지 않는다고 했지?"

나는 고개를 돌려 지은을 바라봤다. 지은의 표정이 그 어느 때보다 진지해 보였다.

"다른 사람은 모르겠지만 너는 그럴 것 같아."

나는 지은의 말을 가만히 들었다. 고개를 쭉 빼고 졸졸 흐르는 하천을 내려다봤다. 물줄기는 한없이 가늘었지만 자기만의 속도로 꾸준히 흐르고 있었다.

"나 강동주를 많이 좋아했어."

달빛 아래 지은의 눈빛이 은근하게 타올라 어른거렸다.

"그냥 조금 좋아하다 말 거라 생각했어. 근데 안 그러데? 내 마음인데도 어쩔 수 없었어."

"그랬구나."

"많이 괴롭더라. 네 옆에서 동주를 좋아하는 거. 동주가 너를 사랑스러운 눈으로 바라보는 모습을 지켜보는 것도."

나는 지은에게 바짝 다가갔다. 다리 난간에 사뿐히 얹힌 지은의 손 위에 내 손을 포갰다. 내 마음인데도 내 뜻대로 되지 않는 일. 나도 경험해 봤으니 그게 얼마나 당혹스럽고 힘든지 안다.

"미안해."

거짓말한 거. 네 상황도 모르고 꿈 타령한 거. 동주를 좋아하게 된 거. 전부 다 미안해, 지은아.

"나도. 말이 심했어."

"나, 부탁 하나만 해도 돼?"

나는 지은의 손을 꽉 쥐며 말했다.

"부탁?"

지은이 나를 바라보았다.

"인 서울을 못 하든, 지방대를 가든, 다이어트에 실패하든, 자신을 미워하지 않겠다고."

지은과 내 눈동자가 마주쳤다.

"저 꼭대기에 있는 인간들이 우리를 무시하든 말든, 우린 자신을 무시하지 말자고."

지은이 한참 머뭇거리다가 입을 열었다.

"노력해 볼게."

지은의 대답에 나도 고개를 크게 끄덕였다.

"열일곱도 얼마 안 남았네."

내가 말했다.

"그러게. 시간 진짜 빠르다."

지은이 말했다.

"내년은 더 정신없이 바쁘겠지?"

내 말에 지은이 주먹을 불끈 쥐었다.

"열여덟. 아 씨, 벌써부터 욕 나오려고 한다."

지은의 말에 내가 허리를 수그리며 킥킥댔다.

"잘 가라, 열일곱."

지은이 큰 소리로 외쳤다.

"굿바이, 열일곱."

나도 덩달아 크게 소리쳤다.

지은이 고개를 들어 밤하늘을 올려다봤다. 나도 고개를 뒤로 젖혀 청명한 밤하늘과 손을 뻗으면 만져질 것 같은 달의 희끄무레한 표면을 올려다봤다.

현수 오빠에게

보육원에서 컸다는 친구가 출소를 했군요. 마음을 나누었던 친구가
떠나면 정말 심란할 것 같아요.

누구 탓도 하고 싶지 않다고 한 오빠 말을 몇 번이나 거듭 읽었어요.
때로는 다 잊어버리고 싶잖아요. 나쁜 기억에서, 내 잘못에서 도망가고
싶잖아요. 그게 당연하잖아요. 아무리 강한 사람이라도 자기 잘못을 매일
들여다보는 일은 힘든 거잖아요. 그런데 피해자 가족의 마음을 한시도
잊지 않겠다는 오빠의 문장에서 굳은 의지가 느껴졌어요. 피해자 유가족을
생각하면 저도 마음이 정말 아파요. 오빠가 큰 잘못을 저지른 것도 잘
알고요. 지금처럼 사죄하고 또 사죄하는 마음으로 살아가는 게 쉽지는
않겠지만 오빠가 잘 버티리라 믿어요.

가끔 뉴스를 보면 잘못을 저지르고도 뉘우치지 않는 사람들이 정말
많더라고요. 분명 가해자인데 피해자보다 더 큰소리치는 사람들도 많고요.
돈이 많고 지위가 높다는 이유만으로 갑질을 하면서 뭐가 문제냐는 듯이
뻔뻔하게 얼굴 들고 다니는 사람들이 얼마나 많아요. 그런 사람들에게 오빠
편지를 보여 주고 싶다는 생각이 들었어요.

오빠. 제가 예전에 오빠 이름을 딴 푸드바이크를 타고 전국을
돌아다녔으면 좋겠다고 했잖아요. 기억나죠? 오빠가 전국을 떠돌아다니는
여정에서 기적처럼 어머니를 만났으면 좋겠어요. 세상에서 가장 맛있는
스파게티를 파는 푸드바이크가 유명해지고 소문이 나면 분명 어머니도
오빠 소식을 듣게 될 거예요. 그러면 반드시 오빠를 찾아올 거예요.

지금까지 어머니는 용기가 없어서 머뭇거린 거지 오빠가 보고 싶지 않은 건 아닐 거예요. 저는 그렇게 믿어요. 어머니는 그동안 몹시도 오빠를 보고 싶어 했을 거고 지금도 보고 싶어 할 거예요.

오빠. 날씨가 추워졌어요. 감기 조심해요. 올 한 해는 정말 정신없이 지나간 것 같아요. 훅 가 버린 시간에 제대로 된 작별을 고하고 싶어요.

올 한 해도 고생했어, 서현아.

올 한 해도 수고했어요, 오빠.

민서현 드림

너를 좋아하게 됐어

소논문 대회 결과가 나왔다. 우리 팀은 동상을 받았다. 예상대로 금상은 선배들이 받았다. 동주와 지은은 은상을 받지 못해 아쉬워했지만 나는 나름 만족했다.

주말을 맞아 좀 쉬려고 했는데, 엄마는 텔레비전 앞에 있는 내가 못마땅한지 꼬챙이로 몸을 쑤시듯 말 공격을 시작했다.

"윤재 수능 잘 봤나 봐. 의대 지원한다네."

공부 잘하는 사촌 오빠 이야기로 공격의 포문을 연다.

"우리 서현이도 의대 갈래? 아빠가 제대로 서포트할게. 서현이가 의사 될 때까지."

사람 좋은 미소로 무장한 아빠의 지원 사격.

"서현이 너 과학 잘하잖아."

166

저 어르는 듯한 엄마 말투를 들을 때마다 속이 안 좋다. 내가 아직 어린아이인 양 달래고 칭찬하면 먹힐 거라고 생각하는 저 말투.

"의사 싫다니까."

"수학만 내년에 올리면 되지."

엄마 말에 아빠는 로봇처럼 고개를 주억거렸다.

"수학 진짜 싫다니까."

1학기 기말고사 때 오른 수학 성적은 2학기 때 처참히 내려갔다.

"싫어도 해야지. 수학 점수에 따라 대학 이름이 얼마나 달라지는데."

나는 엄마도 아빠도 바라보지 않았다. 수도자의 심정으로 흰 벽만 뚫어져라 노려보았다.

"엄마, 나 좀 믿어 주면 안 돼?"

"우리 딸 믿지. 왜 엄마가 널 안 믿는다고 생각하니?"

"날 믿는다면 좀 내버려 둬. 나 하고 싶은 거 진짜 많고, 잘할 자신 있어."

"너 전교 등수 정체잖아."

엄마가 날 선 목소리로 맞받아쳤다.

나는 그길로 집을 뛰쳐나가고 싶었지만 참았다. 더 이상 엄마와 대화하고 싶지 않았지만 그것도 참았다. 내 안의 무언가가 지금 도망가면 안 된다고 외쳐 댔다. 이 지루한 싸움을 끝내야 한다고 소리쳤다.

"의대가 힘들면 약대는 어떠니?"

"약대도 좋지."

엄마 말에 아빠가 또 맞장구를 쳤다.

"전공은 내가 정할 거야."

나는 단호한 목소리로 말했다.

"무슨 소리니? 엄마 아빠랑 상의해서……."

"엄마 아빠가 원하는 과 말고 내가 가고 싶은 과 갈 거라고."

나는 엄마를 똑바로 바라보며 말했다.

"넌 하나밖에 없는 딸이야. 네가 잘못되면 엄마는……."

엄마가 울음을 터뜨렸다. 불리할 때마다 엄마는 울었다. 엄마가 울면 나는 늘 어쩔 줄 몰라 했고, 엄마를 달래기 위해 잘못했다고 말했다. 하지만 이제 더는 그러지 않겠다. 엄마 울음에 더는 속지 않을 거다.

"진짜 좀 그만해!"

나는 소리를 버럭 질렀다.

"내 인생이야. 엄마 인생 아니라고!"

나는 엄마와 아빠 얼굴을 번갈아 쏘아봤다.

"나 좀 내버려 둬. 잘못된 길로 가서 개고생을 해도 그건 내 몫이야. 왜 뭐든 엄마 맘대로 결정하려고 해? 왜 함부로 내 진로를 선택해?"

내 기습 공격에 놀랐는지 엄마는 아빠 팔을 붙들었고 아빠는 입을 다물지 못했다. 나는 그대로 거실을 나와 현관으로 향했다. 씩씩거리며 걷다가 멈춰 서서 몸을 홱 돌렸다.

　"분명히 말하지만, 전공은 내가 정할 거야."

　현관문을 쾅 닫고 계단을 뛰어 내려갔다. 아파트를 벗어날 때까지 숨이 차도록 달렸는데도 가슴이 답답했다. 엄마 아빠를 누구보다도 사랑한다. 엄마 아빠가 나를 사랑하는 것도 잘 안다. 하지만 사랑을 미끼로 내가 원하지 않는 것을 강요하는 데 지쳤다. 내가 원하는 것을 묻지 않고 자신이 원하는 것을 먼저 이야기하는 데 신물이 났다. 성적을 떠나 엄마 아빠가 나를 믿어 주고 내가 어떤 선택을 하든 지켜봐 주고 묵묵히 지지해 주고 스스로 깨달을 때까지 기다려 주기를 바랐다. 너무 큰 욕심이었나.

　얼마나 거리를 헤맸을까. 집에 가기는 죽기보다 싫은데 거리는 춥고 사람이 드문드문 있어 무섭기까지 했다. 무작정 뛰쳐나온 탓에 수중에는 지갑도 없었다. 내게 있는 거라곤 휴대폰뿐이었다.

　시각을 확인하고 망설였다. 시간이 많이 늦었는데 동주에게 연락해도 될까. 벌써 자는 건 아닐까. 한참 고민하다가 통화 버튼을 눌렀다.

　"서현아."

　동주의 다정한 목소리를 듣자 눈물이 터져 나올 것 같

았다. 나는 입술을 꼭 깨물며 울지 않으려고 애썼다. 울고 싶지 않았다. 동주는 무슨 일이냐고 묻지 않고 지금 어디냐고 물었다. 그게 고마웠다. 지금 네가 어디에 있든 달려가겠다는 말로 들렸다. 내가 공원 입구에 있겠다고 하자 동주는 조금만 기다리라고 했다. 전화를 끊기가 무섭게 눈물 한 방울이 흘렀다. 나는 옷소매로 눈물을 닦았다. 울었다는 걸 동주에게 들키고 싶지 않았다.

멀리서 점 하나가 툭 나타났다. 점은 점점 커지고 금세 내 앞으로 다가왔다. 동주였다. 동주 손에 자기 외투 한 벌이 따로 들려 있었다. 동주는 내게 외투를 정성껏 입혔다. 외투를 정돈해 주는 동주의 손길에 나는 고개를 숙이고 얌전히 있다가 와락 동주를 안았다. 동주는 쓰담쓰담 내 등을 토닥이며 내가 진정할 때까지 기다렸다.

"대체 무슨 일이야?"

"별일 아니야."

나도 모르게 목소리가 떨렸다.

"별일 아니긴. 지금 떨고 있잖아."

묵묵부답. 시선을 내린 채 나는 입을 열지 못했다.

"서현아."

"더는 못 해 먹겠어."

동주는 조용히 내 다음 말을 기다렸다.

"엄마한테 인정받는 딸, 아빠한테 자랑스러운 딸 그만하고 싫어. 그냥 나이고 싶어."

"무슨 말인지 알 것 같아."

동주가 차분하게 말했다.

그렇게 말해 줘서 고마웠다. 만약 동주가 다 이해한다고, 네 마음을 나도 똑같이 느낀다고 말했다면 오버한다고 생각했을지도 모른다.

"춥지? 어디든 들어가자."

공원에서 가까운 카페는 다행히 아직 문을 닫지 않았다. 동주는 핫초코가 담긴 컵을 내게 내밀었다. 나는 따뜻한 컵을 두 손으로 모아 쥐고 엄마 아빠와 무슨 일이 있었는지 이야기했다. 엄마에게 인정받으려 애썼던 어린 시절 이야기를 차근차근 늘어놓았고, 동주는 내 말을 들어 주었다. 그것만으로도 큰 위로를 받는 느낌이었다.

동주는 섣불리 위로하지 않고 묵묵히 들어 주었다. 그러고는 내 이야기가 다 끝나 갈 때쯤 이렇게 말했다.

"의사는 너랑 진짜 안 어울리는데."

"내 말이. 난 피가 세상에서 제일 싫은데."

나는 한숨을 푹푹 내쉬었다.

"수류탄을 던지고 나왔으니 어떻게 집에 들어가지?"

"내 방에서 재워 줄까?"

동주가 테이블에 팔을 괴고 두 손 위에 작은 얼굴을 놓으며 장난스럽게 웃었다.

"됐거든."

"조금만 더 있다가 들어가자. 내가 집까지 데려다줄게."

동주가 컵을 감싸 쥔 내 오른손을 다부지게 잡으며 말했다. 내가 입술을 쑥 내민 채 대답하지 않자 동주가 다시 말했다.

"너 들어갈 때까지 못 주무시고 계실 거야."

동주 말이 맞다. 어디 갈 곳이 있는 것도 아니고. 이 늦은 시간에 지은에게 전화해 네 방으로 쳐들어가겠다고 할 수도 없고. 그렇지만 기분이 참담했다.

"아, 쪽팔려. 집 나오자마자 항복이라니."

동주가 피식 웃었다.

"승자는 너 같은데?"

"어째서?"

"그렇게 세게 말했으면 부모님도 더는 간섭 못 하시지 않을까?"

멋지고 예쁜 모습만 동주에게 보여 주고 싶었는데, 이렇게 구질구질한 모습까지 고스란히 보여 주다니. 엄마 아빠와 싸우는 걸로 모자라 아무 대책 없이 집을 뛰쳐나와서는 집에 들어가기 싫다고 앙탈 부리는 모습까지 보여 주다니.

"나한테 실망했지."

"실망은 무슨."

"엄마 아빠한테 대들기나 하고 대책 없이 집이나 뛰쳐나오고."

동주가 다른 한 손으로 내 왼손을 잡았다. 그러고는 묵직
하고 낮은 목소리로 차분하게 말했다.

"그 순간에 가만있었다면 그건 민서현이 아니지."

동주가 웃자 눈가에 작은 주름이 생겼다. 그 주름마저도
달콤하고 사랑스럽다니. 내가 단단히 미쳤구나. 동주의 마법
에 단단히 걸렸구나.

자퇴하거나 대학에 가지 않겠다는 것이 아니다. 학과만큼
은 내가 정하고 싶다. 사람들이 많이 쏠리는 인기 학과가 아
니라 내게 조금이라도 더 잘 맞는 학과에 가고 싶다. 지금까
지는 해야만 해서 공부를 했다면, 대학에 들어가서는 삶을
풍요롭게 하는 진짜 공부를 해 보고 싶다. 내가 어떤 전공을
선택할지, 대학을 졸업한 뒤 어떤 일을 하고 싶어 할지 아직
모르지만 내가 무엇을 좋아하고 싫어하는지, 무엇을 잘하고
못하는지, 더 알고 싶다. 시간이 많이 걸려도 내공을 쌓아서
내가 하고 싶은 일을 하고, 사회를 좋은 쪽으로 바꾸는 데 힘
을 보태는 사람이 되고 싶다. 남들이 가지 않은 길도 무작정
걸어 보는 사람이 되고 싶다. 아직은 막연하지만 내 안에 많
은 가능성과 에너지가 있다는 것을 믿고 싶다.

"사자는 오늘 먹이를 잡으면 내일 걱정은 안 한대."

동주가 조곤조곤한 목소리로 말했다.

동주의 앞머리가 무게를 이기지 못하고 아래로 찰랑거

렸다. 나는 동주의 단단하고 잘생긴 이마가 벌써부터 그리
웠다.

"오늘만큼은 사자가 됐으면 좋겠다."

내 말에 동주가 고개를 끄덕였다.

"응. 네가 사자 같은 마음을 가졌으면 좋겠어."

핫초코 때문일까. 아니면 동주가 따로 챙겨 온 두툼한 외투
때문일까. 아니면 동주의 따뜻한 손 때문일까. 나는 금세 따뜻
해져 노곤했다. 긴장이 풀리면서 잠이 쏟아졌다. 휴대폰 진동이
느껴졌다. 나는 엄마 문자라는 걸 직감으로 알았다.

"졸려?"

"응."

동주가 내 옆자리로 오더니 내 머리를 가만히 자기 어깨에
기대게 했다. 스르르 두 눈이 감겼다. 어쩐지 좋은 꿈을 꿀 수
있을 것만 같았다.

서현에게

어제는 꿈에서 푸드바이크를 타고 해안 도로를 달렸어. 동해 바다가
푸르게 넘실거렸어. 한참을 달려 작은 항구에 도착했어. 나는 바이크를
멈추고 시장을 구경했어. 싸고 좋은 생선이 많았어. 나는 작은 홍게를
샀어. 홍게의 달고 쫄깃한 살을 이용해서 새로운 파스타를 개발하고

174

싶었거든. 붉고 탐스러운 홍게를 손에 들고 환하게 웃을 때 꿈이 끝났어. 날씨가 조금 더 따뜻했더라면 꿈을 더 꿀 수 있었을 텐데. 너무 아쉬워서 입을 달싹였어.

할머니 고향이 울진이야. 겨울이면 할머니 고향 친구분들이 홍게를 꼭 몇 마리 보내 줬어. 할머니가 찜통에 홍게를 쪄서 살을 발라내 내 입에 넣어 주곤 하셨어. 그 맛을 다른 사람들은 어떻게 표현할지 모르겠네. 내게 그 맛은 할머니의 손맛이었어. 바다의 맛이었고 달고 짭짜름한 완벽한 맛이었어. 나는 지금도 홍게 생각만 하면 입에 침이 가득 고여.

홍게 이야기를 하니까 중학교 때 친했던 친구 생각이 난다. 나한테 하나뿐이었던 친구 승주. 승주는 어릴 때부터 걸핏하면 부모한테 맞아서 성한 곳이 없었어. 앙상한 몸에 한번 멍이 생기면 잘 없어지지 않았지. 한번은 승주가 도망갈 곳이 필요해 우리 집으로 달려왔어. 그래서 숨겨 주고 재워 줬지. 다음 날 홍게 상자가 도착했어. 할머니는 홍게를 모두 삶아 주셨고, 나는 홍게를 발라서 승주에게 내밀었어. 승주가 처음엔 낯선 음식이라 망설이더니 한번 맛을 보고는 허겁지겁 홍게살을 입에 넣었어.

승주는 늘 무기력했어. 얼마나 눈빛에 힘이 없었는지 몰라. 그런데 그날만큼은 그러지 않았어. 항상 힘이 풀려 있던 승주의 눈에 작은 빛이 들어와 반짝였어. 그 빛을 뭐라고 표현해야 좋을까. 살아서 감사하다는 눈빛. 살고 싶다는 의지로 활활 타오르는 눈빛. 자기 욕망에 충실한 사람의 눈빛.

골화라는 단어를 알게 된 것도 승주 때문이었어. 하루는 학교에서 승주가 이렇게 말하는 걸 들었거든.

"맞으면 뼈가 부러지고 그걸 내버려 두면 뼈가 다시 붙어. 또 맞으면 뼈가 부러지고, 그 과정을 계속 반복하는 거야. 골절된 뼈가 다시 붙는 걸 골화라고 한대. 응급실에 실려 갔을 때 의사가 하는 말을 들었어."

이상하게 오늘은 승주 생각이 많이 나네. 겨울이라서 그런가 봐. 승주가 한겨울에 죽었거든.

승주가 세상을 떠나고 승주 사물함을 정리하러 승주의 부모가 학교에 온 적이 있어. 승주가 쓰던 물건들을 커다란 가방에 무성의하게 주워 담더라. 승주의 남은 흔적을 찾으러 온 게 아니었어. 자식의 물건을 가져가지 않으면 욕을 먹을까 봐 온 거였어. 그 사람들은 아무 말도 하지 않았고 나는 전후 사정을 자세히 모르지만, 그냥 알 수 있었어. 그들에게 승주가 소중했다면, 승주 물건을 꼭 되찾고 싶었다면, 그렇게 가방에 마구 처넣지 않아야 하는 거잖아.

"승주는 홍게를 좋아했어요."

사물함 앞에 서 있는 승주 부모에게 달려가 내가 말했어.

"뭐?"

남자는 귀찮다는 듯 대꾸했어.

"승주가 홍게를 좋아했다고요."

나는 아직도 그 사람 눈빛을 잊을 수 없어. 너무나 차가운 눈빛이었어. 승주가 죽은 것에 아무 죄책감도 없는 눈빛. 아무 감정도 느끼지 못하는 눈빛. 담임 선생님은 승주가 병에 걸려 세상을 떠났다고 했지만 나는 진실을 알고 있었어. 그 짧은 평생 동안 날마다 부모한테 맞았기 때문에 승주가 병에 걸렸다는 사실을.

　나는 가끔 거울 앞에 서서 내 눈빛을 오래도록 들여다봐. 혹시 내 눈빛에서 그 사람처럼 서늘한 빛이 새어 나오지는 않을까 염려하면서. 내 눈빛이 지금보다 더 따뜻해지면 좋겠어. 날이 선 것들이 사라지고 신경을 곤두서게 했던 것들이 아무렇지 않은 일들이 될 수 있는 날이 어서 왔으면 좋겠어.

　예전에 네가 물었었지. 사랑에 빠진 적이 있느냐고. 생각해 보니 사랑을 해 본 적이 없는 것 같아. 짝사랑을 해 본 적도 없더라. 실은 이렇게 긴 이야기를 주고받은 사람은 서현이 네가 처음이야.

　서현아. 오늘은 내 가슴속 용기를 모두 짜내어 이 문장을 쓰기로 결심했어.

　너를 좋아하게 됐어.

　네가 어떻게 생겼는지, 네가 어떤 목소리로 말을 하는지, 네가 어떤 숨소리를 내는지 모르지만, 그냥 너를 좋아하게 됐어. 너를 한 번도 만난 적이 없고 당분간 너를 만날 수도 없겠지만, 그래도 너를 좋아하게 됐어. 이렇게 편지만 주고받는 사이지만, 네게 나는 많은 친구들 중 한 명에 불과하다는 것을 알지만, 그래도 너를 좋아하게 됐어. 그냥, 그렇게 됐어.

　너와 편지를 주고받으면 말을 배 터지게 먹은 기분이 들었어. 그리고 곧 깨달았어. 한 번도 누군가의 말을 주워 먹은 적이 없다는 것을. 누군가와 이렇게 많은 이야기를 나눈 적이 없다는 것을. 그러니까 너의 말이, 네가 적어 준 글들이, 내 영혼의 살이 되어 준 거야. 1년이라는 시간 동안 네가 나를 먹이고 입히고 보호해 주고 사랑해 준 거야.

내 고백에 네가 많이 놀라지 않았으면 좋겠다. 그리고 나를 좋아하지 않아도 괜찮다는 말을 꼭 해 주고 싶어. 내 감정에 영향 받지 말았으면 좋겠어. 아무런 미안함 없이, 네가 다시 내게 말을 걸어 주기를 바랄게. 네가 또 명랑하고 밝은 목소리로 편지해 주기를 기다릴게.

내게 먼저 말을 걸어 준 열일곱의 서현아. 네가 얼마나 아름다운 사람인지 너의 열여덟이, 열아홉이, 그리고 스물이 기억해 주기를. 네가 얼마나 고맙고 따뜻한 사람인지 나도 오래오래 기억할게.

12월 23일

현수가

『싸이퍼』 출간 이후 이런저런 일에 휩싸여 여러 달 글을
쓰지 못했다. 초조했다. 프란츠 카프카가 "초조해하는 것은
죄다."라고 말했다지만 어쩔 수 없었다. 소설을 쓰지 않는 시
간은 불안과 불면과 조바심의 연속이었다. 몇 달 후 소설을
쓸 수 있는 상황이 되자마자 휘몰아치듯이 초고를 썼다.

초고를 완성하기 무섭게 많은 질문이 나를 괴롭혔다. 인
물들을 생생히 느꼈는가? 인물의 처지가 되어 감정을 온전
히 이입한 순간이 많았는가? 빨리 완성하겠다는 욕심으로
얄팍한 수를 부리지는 않았는가? 초조해하느라 놓친 것은
없는가?

반성의 시간이 길었다. 그리고 이제는 조금 알 것 같다. 조
급해할 것도, 비교할 것도, 욕심낼 것도 없다는 것을. 장편을

쓰는 소설가는 아주 먼 거리를 뛰어야 하는 러너라는 것을. 지금 쓸 수 있는 것을 천천히 쓰면 된다는 것을. 글을 쓰는 동안 즐겁고 진정 몰두했다면 충분하다는 것을. 지금 쓴 소설이 흠잡을 데 없다면 황홀하겠지만 그런 일은 절대 없으리라는 것을. 그렇다 해도 나만이 쓸 수 있는 글이 있으리라 믿고 나아가면 된다는 것을.

다큐멘터리에서 우연히 현수를 봤다(물론 다큐에서 본 아이의 이름은 다르다). 현수에게 편지를 쓰고 싶었는데 망설이다 기회를 놓쳤다. 이미 현수는 일반 교도소로 가 버린 후였다. 현수가 내내 마음에 남았다. 어쩌면 이 소설은 현수에게 보내고 싶었으나 부치지 못한 긴 편지인지도 모르겠다.

민서현을 그리는 데 영감이 되어 준 제자 서현에게 고마운 마음을 전한다. 꼼꼼히 소설을 읽어 주고 교정 과정 내내 함께해 준 편집자 나고은 님과 편집 팀에도 깊이 감사드린다. 마지막으로, 소설을 손에 쥐고 끝까지 읽어 준 독자 여러분께 감사 인사를 드린다.

연희문학창작촌에서

탁경은

다큐멘터리 〈세상 끝의 집〉 '김천소년교도소 편', KBS-1TV, 2014.
영화 〈스시 장인: 지로의 꿈〉, 2012.
『180일의 엘불리』, 리사 아벤드, 서지희 옮김, 시공사, 2012.
『프로파일러 표창원의 사건 추적』, 표창원, 지식의숲, 2013.
『동의보감, 몸과 우주 그리고 삶의 비전을 찾아서』, 고미숙, 북드라망, 2012.

사랑에 빠질 때 나누는 말들

2019년 5월 3일 1판 1쇄
2023년 9월 30일 1판 10쇄

지은이 탁경은

편집 김태희, 장슬기, 나고은, 김아름 디자인 홍경민
제작 박흥기 마케팅 이병규, 이민정, 최다은, 강효원 홍보 조민희

출력 블루엔 인쇄 천일문화사 제책 J&D바인텍

펴낸이 강맑실
펴낸곳 (주)사계절출판사 등록 제406-2003-034호
주소 (우)10881 경기도 파주시 회동길 252
전화 031)955-8588, 8558 전송 마케팅부 031)955-8595 편집부 031)955-8596
홈페이지 www.sakyejul.net 전자우편 literature@sakyejul.com
블로그 blog.naver.com/skjmail 페이스북 facebook.com/sakyejul
인스타그램 instagram.com/sakyejul_teen

ⓒ 탁경은 2019

ISBN 979-11-6094-470-9 44810
ISBN 978-89-5828-473-4 (세트)